岩波現代文庫／文芸 305

この人から受け継ぐもの

井上ひさし

岩波書店

目次

カバー装画　安野光雅

1

憲法は政府への命令

――吉野作造を読み返す――

日清・日露戦争と大正デモクラシー

吉野作造は宮城県の北のほうの古川という町の出身です。いまは人口七万ぐらいの市ですが、明治の初期のころは人口三千ぐらいの小さな町でした。仙台から縄で縛った綿の固まりを買ってきて、それを叩いたりほぐしたりして、すぐに布団や綿入れに入れられるように加工するわけですが、そんな綿屋に生まれました。

彼は、生涯で払った月謝は一升瓶一本という、大変な秀才でした。古川の尋常小学校に入るときに、当時は寺子屋に毛が生えたような小学校ですから、お父さんがこの子をよろしく頼みますと一升瓶を持っていった。授業料は生涯その酒瓶一本だけだったのです。

古川の小学校の方でも、当時、宮城県には一つしか中学校がありませんでしたが、こんな頭のいい子はそこへ進ませようとするし、仙台の中学校のほうも、元は藩校ですから、むしろ優秀な生徒を集めたいので、月謝は要らないから、うちの中学へ来なさいということで、月謝を払わない特待生になりました。

中学校は五年間ありますが、その間もべらぼうな秀才なので、旧制二高は、一高へ行かないように、中学校在学中に旧制二高に来てほしい、来てくれたら授業料は要らないと言います。そして旧制二高時代に、今度は東京帝国大学から来るんです。来てくれたら特待生で授業料は要らない、というふうになる。そういう形でずっと月謝を払わずに東京帝国大学教授にまでなった、大変な秀才です。

彼のベストセラーに『試験成功法』という本があります。これはお金に困って書いた本です。明治の末ぐらいに書いた本で、めちゃくちゃ売れました。その内容は、試験に受かりたかったらノートなんか絶対に取ってはだめだ、先生をじっと見ていろということです。

どうしてもこれは大事だというところを、先生は黒板に書いたり、繰り返して言いますよね。そこをチェックしておくんです。だから中身はどうでもいい。先生が力を入れたところをチェックして試験に備える。そうすると、必ず先生はそれを出すんです。

試験の前の晩に、先生が強調したところを勉強すれば、必ず百点を取れる。そういう本ですが、バカ売れしました(笑)。これはかなり有効な勉強法だと思います。

小野塚喜平次という東京帝国大学法科大学、いまの法学部の先生で、政治学の講座を始めた人がいます。吉野作造は彼の愛弟子《まなでし》で、日本で本格的に政治学を学生に教えようとした人です。明治の政治学は、為政者がどのように人々を治めたらいいか、つまり殿様や領主、それから言ってみれば天皇の官僚として、人々をどう治めたらいいかを、権力を持っている人に代わって勉強します。そしてそのエッセンスを、権力者に進言して、権力者はその学問を使って人々を治めていく。それが明治の政治学でした。

しかし、小野塚喜平次から受け継いだ吉野作造の政治学は、それと全く逆です。当時の日本は「立憲君主制」でしたが、立憲君主制というのは、君主がいて、憲法と議会もある、そして君主がやりたい放題をやらないように、憲法と議会がそれを抑えていくというのが基本です。しかし、戦前には、君主の力がどんどん肥大化して、議会と憲法が非常に隅に追いやられる。さらには宮城《きゅうじょう》、いまの宮中ですが、宮城と軍部が統帥権を使って、議会の外で大事なことをどんどん決めていく、いわゆる十五年間の暗黒時代といわれるものがやってくるわけです。

いまは象徴天皇制ですから、議会と憲法で日本の政治が決まっていくということになっています。しかし、今度は天皇の代わりにアメリカが出てきて、日本のどこかと結びついて大事な問題が議会にのぼってこないということがあって、皆さんもこのごろ怒っていらっしゃるのではないでしょうか。ですから、明治、大正、昭和初期といまというのは、政治のスタイルとしてはあまり変わっていないんです。

吉野作造さんは、権力者のための学問であってはだめだということで、当時は、「民主」を唱えると大変ですから、「民本主義」を主張しました。「民本」とは、どんな体制であろうと、それは民衆のための政治でなければいけないという意味で、人々、つまり納税者あるいは国民のための政治学というものを始める。これがいわゆる大正デモクラシーとして広がっていくわけです。

それにはもちろん素地があります。清国と日本で明治二十七(一八九四)年に戦争がありました。そのときに日本が勝って、清国から当時の日本の国家予算の四、五倍ぐらいの賠償金を取ったわけです。

その賠償金によって鉄道をつくったり、八幡製鉄所を国営にするなど重工業をおこした。一番の問題は、それまで日本は銀本位制でした。世界は金本位制ですから、どうしても貿易をするときに金と銀の交換比率とか、いろいろなことで、日本の品物が外国へすんなり売れないわけです。日本の悲願はアジアのやり方である銀本位制を捨てて、金本位制にして、日本の製品を外国に買ってもらう。そしてゆくゆくは不平等条約を廃止して、平等な条約に切り替えるということでした。

清国からの賠償金で、日本は念願の金本位制を敷くことができるようになります。ですから、戦争は儲け仕事みたいなところも多少あったわけです。勝って賠償金を取る、領土を取る。東北本線にしても、山陽本線にしても、みんな清国の賠償金でつくっていって、日本は軽工業、中工業から重工業へどんどん移行していくわけです。

戦争が終わると、町は毎日、勝った、勝ったとお祭り騒ぎです。

ジャーナリズム、新聞・雑誌も戦地に従軍記者を出す。正岡子規もそうですが、戦場に行きました。いまのイラク戦争もそうですが、戦争の様子を書いて日本に送る。そうすると、日本の新聞がそれを載せる、雑誌が載せる。その芝居を歌舞伎座でやる。日本人も国債を買っていますから、もちろん戦争に参加しているわけです。それで提灯行列、花火大会、長刀《なぎなた》試合と、勝った記念のための行事が毎日ある。しかし戦争ですから、誰かが戦死します。ですから靖国という装置をつくって、戦死した人は神様にしてあげる。生き残った者は大喜びで喜ぶ。そして戦利品をぶんどって、国をだんだん厚く、豊かにしていくというスタイルが日清戦争で整ったわけです。

日露戦争はアメリカから借金をして戦った戦争です。戦費総額はたしか十九億円ぐらい、そのうちの八億円はアメリカから借りて、それを戦争の費用にして戦ったわけです。ある意味ではアメリカがロシアと日本に戦争をさせていたという構図も、浮かび上がってきます。講和条約もアメリカのポーツマスでやって、結局、アメリカ主導です。

アメリカが日本にお金を出し、ロシアにもお金を出して戦わせた。日本海海戦で日本は圧倒的にバルチック艦隊をやっつけたので、このへんだったら日本もやめるだろう、と考え、ロシアのほうは負けたと思っていない、まだまだ戦えると思っていますが、戦費を出しているアメリカは二つの国を呼んで、ポーツマスで講和条約を結ばせます。

ところが、日本の当時のマスコミは、国民新聞という新聞社を除いて、全部が勝った、勝ったと大騒ぎをして、日清戦争の繰り返しだと思って書き立てました。ロシアをやっつけたから賠償金がどれぐらい取れるか、ということにみんな興味津々でした。この時代に吉野作造や河上肇は高校時代、大学時代を送っています。

しかし、賠償金なしという講和条約が結ばれてしまったので、国民は怒るわけです。有名な日比谷焼き討ち事件はこの時期に起こって、戒厳令が布かれるという大変な騒ぎになります。

でも、日本は領土では、旅順、大連のある関東州――渤海湾、黄海に盲腸みたいに突きだした半島――を手に入れます。そこはロシアが押さえて清国から租借していましたが、日本はロシアの代わりにそこを押さえて、改めて清国から九十九年間の租借をする。領土では大変得をしたのですが、賠償金はそれこそ一銭も入らなかったわけです。ですから、国民新聞社を焼き討ちしたり、国会議事堂へ押しかけようと大騒ぎになる。勅令による戒厳令が布かれて、何とか収まりました。こういうふうに人々がだんだん動き始めた時期に、河上肇博士も、吉野作造博士も、大学、大学院と進みました。

もうちょっと先にいきますと、民衆が内閣を倒すという大正の政変がありますし、さらに富山あたりのおかみさんたちが、米の値段が上がりすぎだというので騒ぎ始めて、それが全国に及ぶ米騒動もあります。みんなが黙っていなくなったんです。

その中で吉野作造の書くものが、ある意味ではみんなの後ろを支えて前に押し出す、あるいは前に立って、そういう人々の動きを引っ張っていくという役割を果たすわけです。このへんは、皆さんよくご存じだと思います。これを一般に大正デモクラシーといいます。たとえば子どももただ子どもではなく、一人ひとり顔がある。だから子どものための童話をつくろう、童謡もつくろうというので、『赤い鳥』という雑誌ができる。国民の顔が一人ひとり見えてきた時代が大正デモクラシー、吉野作造はそのときのトップランナーです。

「立憲」を大きく、「君主」を小さく

彼は、「街頭学者」と悪口を言われていました。また、「社会の不平屋」という批判もありました。つまりいまの政府のやっていることが一から十まで気に入らなくて、ぶつぶつ不平を言っている。吉野作造の主な舞台は『中央公論』で、当時の代表的な雑誌です。作家も『中央公論』から依頼が来ると一流だ、みたいにいわれていた大変な雑誌だったのですが、そこに吉野作造は毎月のように論文を書いていきます。

政治はすべて国民のためにあるのであって、ほかの誰のためにもあるものではない。つまり権力者に力があるというのは間違いで、実は人々のために政治というものがあるんだということを、当時としてはかなり危険を冒しながら説いていきます。当時の、不満があったら立ち上がって、焼き討ちでも、暴動でも起こしてやろうじゃないかという日本人たちの行動を、吉野作造はある意味では理論づけながら、先頭に立って引っ張っていった。簡単にまとめると、そういう位置にある学者です。社会の不平屋さんというのは、為政者、権力者から見ると、何でもかんでも気に入らなくて、ぶつぶつ不平を書いている学者というふうに見えるわけです。

街頭学者というのは、吉野作造ぐらいになりましたら、大きな論文を書いて研究室

に閉じこもって自分の学問をコツコツとやって、それを大きな論文にまとめて世に問うということでいいわけですが、そういうことをしないということからです。つまりそういう暇がなかったんです。そのとき、そのとき起こる政治的な事件、社会的な事件に鋭く反応しながら、それを雑誌掲載論文というかたちで書いていく。彼自身のまとまった政治学の本というのは、大学生のころに書いた本が一冊あるだけで、あとは全部そうした雑文集になってくるわけです。

ですから、ある人たちからは、外へ出るのが好きで、そのとき、そのときの一時的なトピックスを雑文に書き散らして、いつも社会に顔を出していないと気がすまない目立ちたがり屋の学者という意味で、街頭学者と悪口を言われていた。

実は、吉野作造の弟がおもしろいんです。吉野信次《しんじ》という人ですが、ちょうど十歳違っていて、吉野家の末っ子です。作造は、姉さんが二人いますが、長男です。この十歳離れた下の信次も大変な秀才で、古川中学出身です。仙台一中が宮城県内に分校をつくりますが、その分校の一つの古川分校の出身で、旧制一高に行って、東京帝国大学の法学部に入りました。この人は官僚になります。

ご存じのように、日本の官立大学は官吏養成所です。たとえばヨーロッパで一番古いボローニャ大学は、勉強したい青年たちが組合をつくって、ここに先生を迎え入れてつくった大学です。それからちょっと遅れて、パリにパリ大学、ソルボンヌが生まれますが、これは先生方が組合をつくるんです。勉強したい、いい青年たちを集めようということで、先生たちが組合をつくって大学を始めるわけです。

ハーバード大学は、ハーバードという牧師さんが亡くなるときに、自分の三万冊の本を町に寄付します。その整理をちゃんとしてほしい、町の人が読むのはかまわないけれども大事にしてほしいという遺言で、町が預かったものを、そこにあった小さな神学校も一緒になって、町の人と蔵書を整理したり、それを読んでみんなで勉強しているうちに、だんだんハーバード大学ができてくるわけです。

大学のでき方はさまざまですが、日本の国立大学の場合は、国の仕事をする官僚を育てるために、東京帝国大学、京都帝国大学、東北帝国大学というふうにできて、官僚養成所なわけです。弟の吉野信次はその理想にかなう学生です。大変な秀才で、兄さんよりは劣るという噂もあったのですが、とにかく兄さんと比較してもそう劣らない大変な秀才で、当時の農商務省に入ります。

農商務省は大正の末に農林省と商工省に分かれますが、信次は商工省に移って、日本の昭和の基本をつくってしまった人です。よく働く部下が二人いて、一人が岸信介、一人が木戸幸一という人です。この若くて優秀な官僚の三人組は、日本の軍部が満州へ進出していくときに、満州で自分たちの理想の国づくりをしようとします。これは満州にいる人たちには迷惑ですよね。突然、隣の国からやってきて、俺たちの理想郷をつくるというのはいい迷惑で、早く帰ってくれというようなものです。日本側から見ると、吉野信次を中心とする官僚たち、これはあとで革新官僚などと呼ばれますが、満州国をつくっていきます。吉野信次はその中心人物で、昭和十一年か十二年に商工大臣になりまして、戦後もう一度、運輸大臣をやるという官僚の中の官僚です。一方、お兄さんの作造は、世間的には出世の階段を自分でどんどん下りていきます。

河上肇もそうですが、吉野作造も金時計組で、日本の最高の大学を出ていますから、必ず留学をするわけですが、いま申し上げたように、そのころ日本の国は借金返しに大変で留学が遅れます。河上肇博士も様子は違いますが、同じ目に遭います。秀才が留学できない時代があったわけです。吉野作造の場合は三年間、中国の袁世凱の長男の家庭教師をします。袁世凱は清国の軍人として最高位にまでなった人です。日本の国力が元に戻って、借金をアメリカにほぼ返したころに国の費用でヨーロッパ留学できるのを吉野は待っている。河上肇博士も一級下ですから、ちょっとそんな意味合いがあります。

なぜ吉野作造が清国に呼ばれたかというと、袁世凱の言った言葉がいまも残っていて、「なぜ日本は明治になって、あんなに強くなったのだろう」ということです。実際に戦って負けて、賠償金をべらぼうに取られたわけですが、なぜかと考えると、日本にはアジア初めての憲法があって議会がある。憲法と議会によって人々の力を吸い上げる装置ができた。国民の力が憲法や議会を経て、国へ集中的に集まっているから強くなったと思ったのです。中国は半植民地みたいなものでしたから、早く憲法と議会をつくって、当時、四億の中国の人たちの力を中央へ集めてしっかりしないと、このまま欧米列強に全部取られてしまう。そうした危機感から、優秀な若い学者を日本から招いた。その学者が吉野作造だったわけです。

あの時代のアジアの最大の問題は、ばらばらに動いている国民をどういうふうに一つにするか、国民の持っている力をどういうふうに国家が吸い上げるかということでした。そこに憲法と議会という政治制度が非常に有効だったというわけです。その中で吉野作造は「立憲」の部分をうんと大きくして、「君主」の部分を小さくしていこうと、当時の明治憲法下でかなり危険なことを一生懸命やっていた学者ということになると思います。

一方で、この人はプロテスタントの敬虔な信者でした。彼のモットーは二つあって、一つは、いまいる場所は神が道具として与えてくれた場所である。だから、とにかくいまいる場所で最大限に頑張らないといけない、ということです。もう一つは、これはかなりおもしろい考え方ですが、神様は教会にはいない。これは大胆な発想です。それではどこにいるかというと、巷《ちまた》に神様がいる。神が人になって、実は巷にいる。そして、私なら私が真剣に生きていて、真剣に生きている人と一緒に仕事をしたり、ちょっと立ち話でも何でもいいんですが、真剣に一生懸命生きている人たちがすれ違うたびに、そこに神様がヒュッと発生する。自分が一生懸命生きていると、相手が一生懸命だったら、一日に何回も神と会えるということです。

この二つの考え方で、彼は一生懸命生きていくわけです。しかし、当然、これは迫害されます。立憲君主制の君主の部分を少しずつ制限しながら、政治というのは国民がもとになっているのだということを言うだけで、当時は危険思想だった。ひょっとしたら大逆罪にも相当するような危険思想です。絶えず士官学校の生徒が怒鳴り込むやら、国士の人たちが脅かしにくるやら、しまいには玄関を焼かれたりした。

さらには、浪人会という当時最大の右翼団体が立会演説会を申し込んできます。これは大正七(一九一八)年ですが、向こうは五人で、吉野作造は一人、こういう会場で五人の弁士を論駁して、議論でやっつけていくわけです。結局、五人が全部やられてしまった。右翼の人たちが問答で負けたから、今度は短刀で話をつけようなんてことにならないように、東大の学生たちが客席でボディガードみたいにして吉野博士を守っているわけです。

左右から、女性からも攻撃されて

吉野の講義は、最初はすごく不評でした。声が低くて、当時はマイクがありませんので、教室の途中ぐらいまでしか届かない。そこで彼は、歌舞伎を一生懸命に観て、歌舞伎の発声法で講義をする。録音が残っていたら、きっとおもしろいでしょうね。そのときのボディガードの中に、大佛次郎(本名・野尻清彦《はるひこ》)という東京帝国大学法科大学の学生がいて、この人はやがて『鞍馬天狗』を書きます。鞍馬天狗は話し合いばかりして、人を殺さないでしょう。でも、非常に人気のあるヒーローが誕生しました。大佛は吉野作造の愛弟子です。だから、大正デモクラシーでチャンバラを書くと鞍馬天狗になる、というわけです。

吉野作造は、だんだんと東大教授の枠から外れていきます。吉野作造博士の奥さんと吉野信次の奥さんは姉妹です。阿部家の二人のお嬢さんが吉野家の兄弟のお嫁さんになったわけです。しかし、吉野家と阿部家は非常に仲が悪い。つまり、縁が二重になると大変ですよね。自分が兄で奥さんがいて、弟は奥さんの妹を奥さんにしているわけですから、二重になっているわけです。兄弟が喧嘩をすれば、全部後ろに響いてきたりして、だんだん疎遠になったという噂があります。僕はそこまで調べていませんので、責任は持てませんが、感じとしてはわかりますよね。そんなに縁が濃くなったら、かなりきついだろうなという気はしますが、そういう不思議な兄弟です。二人のことを僕は芝居(『兄おとうと』)に書きました。

吉野作造は、日本にとっくになければいけないのに、まだない仕事を一人で始めます。たとえば、お金がなくて産婆さんさえ呼べない産婦さんを収容する、貧民のための産院をつくる。お医者さんにかかるお金がない人のための貧民病院をつくる。大工さんが道具を質屋に預けて、仕事がある時は、質屋に行ってお金を払ってその道具を取り戻さないと仕事ができない、そういう人のための貧民銀行、つまり相互金庫をつくる。

娘さんたちが自立するためには手に職をつけないといけない、そのための女子の職業学校をつくる。中国の天津に三年間いたせいもあって、苦労している中国や朝鮮人の留学生の学資の面倒を見る育英制度をつくる。誰でも体の具合が悪ければ病院に行けるという制度はまだありませんから、それをつくる。それらを全部、自分一人でやっていきます。それから生活協同組合の原型、つまりどこかからいいものを安く買ってきて、会員がそれを安く買う生協みたいな仕事、そうした仕事の理事とか理事長をやっていくんです。

そのすべてが赤字です。ですから信じられないぐらいの借金を背負いながらも、吉野作造という人は、これが神様から与えられた道具だから、これを最大限に活かしながら生きていくしかないという精神で、すべてをやっていきます。

それには有力なサポーターが横浜にいました。第一次世界大戦で非常に儲けた造船会社の社長さんとかが、吉野博士に毎月こっそりお金を渡していました。でも、関東大震災でそういうお金持ちたちが全滅してしまったんです。そのお金が来なくなったので、吉野作造が抱えている慈善事業、病院、産院、職業学校、孤児院などが潰れそうになります。

そこで吉野作造さんはどうしたか。当時、東京大学の作造さんの一年間の給料は四千円ぐらいです。これはすごい高給です。普通の巡査の一年間の給料が三百円か四百円ぐらいのときに、その十倍ぐらいの給料をもらっているわけです。たくさん原稿を書きますから、その収入もあって、だいたい一万二千円ぐらいの年収です。それに慈善家から来るお金で、そうした慈善事業をやっていました。

しかし、慈善家から来なくなったので、吉野作造さんは退職金をあてにして、朝日新聞から編集顧問で呼ばれたこともあって、東大を辞めてしまいます。それで退職金と、朝日が東大の三倍の給料を出してくれますので、その金で事業を続けていくわけです。

そこからどんどん下り坂です。というのは、朝日に入って二カ月目に神戸で講演をするんですが、そのときの講演がいまでいう右翼の人たちの問題になった。その内容は、こういうことです。

「忠義」という考え方は昔からあったわけではなく、徳川時代に成立した言葉である。真心込めて徳川家に尽くすのが忠義であるというふうに、江戸時代の御用学者が理論武装をしたわけですが、この忠義というのはいまわれわれが使っている忠義と地続きですが、その徳川家を倒した明治新政府がその忠義をそっくりかすめ取って、中身を天皇に真心を込めて尽くすというふうに変えて、国民に強制している。そうすると江戸時代と明治時代、あるいは大正は何も変わってない。ただ仕える相手が変わっただけだ。江戸時代は徳川家に真心を込めて仕えるという意味だったけれども、明治政府の偉い人がその言葉を横取りして、真心込めて天皇に仕えるというふうに変えた。徳川家と天皇が変わっただけで、何も変わっていないという講演をするんです。

それから五箇条御誓文は明治政府の悲鳴である。つまり明治政府は憲法や議会をつくる気はなかったけれども、民衆の力、自由民権運動とかいろいろあって、その悲鳴の代わりに五箇条御誓文をつくったのだというので、これは大変な騒ぎになります。当時、右翼の力というのは大変で、たとえば朝日新聞の社長が、天皇を粗末に扱ってけしからんということで引っ張り出されて、大阪の中之島にあった銅像に縄で縛りつけられたという時代です。大新聞社の社長が右翼に引き立てられて、一昼夜、公園の銅像に縄で縛りつけられたというほど危険な時代に、それを言ってしまったので、結局、朝日を五カ月で辞めざるをえなくなるわけです。

自分が理事や理事長をやっている仕事を続けるために、これまでお金を注ぎ込んでくれた慈善家たちがいなくなったので、自分で稼ごうとして東大教授を辞めて、給料のいい朝日に入った。しかし一カ月も経たないうちに舌禍事件を起こして、朝日もかばいきれなくなって、結局、朝日のためも考えて、吉野作造は朝日を退社するわけです。

それからは自分でやっていくしかなくなりますから、当然、書きまくる。なおかつ当時、新しい考え方が出てきていました。吉野作造は、憲法はたしかにいろいろな不備があるけれども、いまある憲法に基づいて、議会を中心に日本の国の政治をゆっくりと国民本位に変えていこう、そのためには普通選挙法が必要だという運動をずっとやっている大正デモクラシーのリーダーだったわけです。しかし、そんなことでは生《なま》温《ぬる》いという人たちが出てきました。政府を一気に倒して、新しい人々のための政府をつくればいい。つまり革命、社会主義思想です。

吉野作造と河上肇博士はものすごい親友です。日記を読みますと、クリスチャンですから、クリスマスに教会に行かなければいけないのに、河上肇博士が十二月二十四日の夕方にやってきて延々と帰らない、それで教会に行き損なったと日記に書くぐらい仲のいい学者同士でした。

ところが、議会を通して国を変えていくというのはまどろっこしい、国民のためにならない政府なら力で倒してしまえという人たちが出てきた。当時の普通選挙法では、女性が入っていないのはけしからんというので、若き市川房枝さんが、おまえは遅れていると言いに来る。わざわざ言いに来る必要はないと思いますが、市川房枝さんは若いころは激しい人だったみたいです。

つまり左からも攻撃される、婦人たちからも攻撃される。吉野作造のやっている仕事を見れば、女性のために頑張っているんです。産婦さんとか、女子職業学校とか、とにかく女性が経済力を持つのが一番大事なんだということをやっている人に、先端の女権拡張運動論者は、生温いとか何とかと文句をつけにいくんです。

そういうことをやっているうちに、あまりにも働きすぎて、しかも河上肇からも時代遅れだ、議会中心に政治が変わるわけがないじゃないか、もう倒さなければだめだなどと言われ始め、右と左から挟み撃ち、女性の論者からも軽蔑されながらやっているうちに、結核になりました。そして昭和八年、自分のつくった貧民病院に入って、それから逗子のサナトリウムに行って、正確に言いますと、そこで五十五歳の三月に亡くなります。

憲法は「押しつけ」でない

ここまでをまとめますと、吉野作造博士が言うのは、憲法は国民が時の政府に向かって発する命令です。だから憲法は国民の側から時の政府、これはいろいろ政権が変わりますが、とにかく時の政府に向かって発している命令の束です。法律は時の政府が国民に発する命令の束です。常に憲法は法律に優先する。いま僕らはそれが常識みたいに思っています。そして政府の法律が国民が発している命令に合っているかどうか、それを試すためにもう一つ司法が必要である。つまりいまでいう最高裁判所です。

日本の最高裁判所は戦後できて、あまり仕事をしていませんが、本当はもっと仕事をすべきです。政府がつくる法律が憲法と整合性を持っているのか、違うのか合っているのかということを国民に代わってやるのが、最高裁判所の本来の仕事です。だからわれわれは裁判官の審査をするわけです。なぜ裁判官の審査をするかというと、最高裁判所の裁判官たちは、政府がたくさんの法律をつくりますが、それは憲法の下位概念ですから、憲法に合っているかどうかを国民に代わって常にチェックしていくという仕事を本来しなければいけないからです。

これが吉野博士の中心的な考え方です。ただこれは当時としては、かなり危険な考え方です。いまは普通ですが、私たちが吉野作造さんのそういう基本的なことを理解しているかといえば、ちょっと疑問符が付くと思います。

昭和二十年から二十一年にかけて、新憲法の制定とかいろいろなことがありました。いま日本国憲法が「押しつけ」であると言う論者がかなり増えてきましたが、これは全く卑怯な、しかも実情に合わない俗説です。

というのはポツダム宣言、あれは条約ですが、あの中に日本の「民主主義的傾向の復活強化に対する一切の障礙《しょうがい》を除去すべし」と書いてあります。日本は戦争に負けたために、あの条約を受け入れた以上、あそこにあるものを全部実行しないと条約違反ですが、日本にかつてあった民主主義的傾向を復活させろというのも条件の一つです。

それが何を指すかというと、大正デモクラシーです。実は第一次世界大戦が終わって、あまりにひどい戦争だったのでみんながショックを受けて、国際連盟ができます。ペンクラブもそのへんにできたのですが、世界がもう戦争をしないで、話し合いで全部すませていこうという大きな世界的な流れができたときに、日本にもデモクラシーという大きな波が、それまでの準備で盛り上がったわけです。

それがやがて昭和に入って、統帥権の独立、つまり天皇あるいは宮中と軍部がじかに国の運命を決めていくようになる。満州事変で関東軍が独走しますよね。これはいろいろな問題があったのですが、独走したのをよくやったと勅令で天皇が認めます。そうすると軍部は、満州事変のように自作自演でほかの国へ攻めていく方法を天皇が認めてくれたので、それからは功名争いみたいに、どんどん軍部が独走していくわけです。だから昭和天皇に責任があるとすると、その一点です。満州事変を勅令で認めてしまったというところは昭和天皇の責任だろうと僕は思います。それは昭和天皇個人というよりも、その周りです。

いずれにせよ、そのへんまでは吉野作造博士や河上肇博士、もちろん草の根に至るまで、大きな動きとして、国民一人ひとりの顔がはっきりしてきました。そして、たとえば吉野作造が言ったように、もう少し天皇のやり方を制限して議会と憲法でやっていかなければだめだ、政治は国民がもとになっていなければだめだという動きが、大正時代に盛り上がったわけです。ポツダム宣言はそれを指しているわけです。

だから押しつけというよりも、昭和二十年のころにかろうじて生き残った三十代後半、四十代より上の人たちは、それは昔あったことじゃないかという感覚だったのではないでしょうか。僕の表現で言うと、古い子守歌がふと聞こえてきて、そう、そういう時期が日本にもあったんだよということです。だからあの憲法を、世論調査で八〇%ぐらいの高い率で歓迎したわけです。そして戦争中のように、天皇とその周りがあまり権力をふるわないなら、あるいはほとんどふるわないなら天皇制を認める。そういう世論調査がたくさん残っています。

戦後、日本が日本国憲法を受け入れたのは、日本にはその下地があったからです。民主主義というか、当時は「民本主義」です。作造自身も後半には「民主主義」という言葉を思い切って使っていますが、そういう動きが作造をリーダーとして日本の各層にあったために、あの憲法をすんなりと受け入れたということだと思います。

アメリカ政府、ブッシュ政権がイラクの戦後について、日本を管理占領した時代のやり方でやるのだというのは、歴史的認識としては全く間違いです。イラクにはそういう時代がなかったわけです。サウジアラビアはいまでも憲法も議会もないんです。だから後れているという意味ではなく、日本にはそういう素地が完璧にあったわけです。

ですから日本国憲法というのは押しつけられたわけではなく、強いて言えば、アメリカが思い出すきっかけを与えてくれた。なおかつ日本国憲法の中には、昭和二十年から二十一年にかけて百六十いくつの民間憲法が出てきて、そのいいところが全部入っています。それからアメリカの独立宣言から、フランスの人権宣言、国際連合の憲章、不戦条約、すべて入っていますから、あれは押しつけられたものでも何でもないんです。日本人がもともと持っていたけれども、途中十五年間、司馬遼太郎さんの言い方で言いますと鬼胎《きたい》、鬼から生まれた子どもたちがそれを隠していたということだろうと私は思っています。

つまり吉野作造が理想とした、あるいは当時説いたことが、いま実現していないのです。拉致問題はアメリカ政府が本腰を入れて日本政府を助けて、結局、何でも議会を外している。拉致問題は国会で全面的に討論すればいいと思うんです。どうしたら拉致された人たちを取り戻せるかということを、議会で議論しないで、結局は議会の外ですべてが決まっていくというのは、昭和の初期と同じ政治のあり方です。

議会には国民の代表がいるわけです。その代表の質はいろいろありますよね。チョンマゲを切っただけで許されると思っている人とか、さまざまいます。でも、われわれが選んだ人たちがそこに集まっているわけですから、すべてのことは議会で討議されないと、われわれは責任が持てません。議会を除いて別のルートで国の運命が決まっていくとしたら、これに対してわれわれは責任が持てないというよりも、そうしてしまった責任は持たなければいけないわけです。

というわけで、吉野作造の雑文集は雑文というだけでかなり敬遠されて、あまり読んでいる人がいないのですが、いまこそ「デモクラシー」とはいったいどういうことか、これはアメリカから発生してきた言葉ですが、それをしっかり理解すれば、いまのアメリカのやり方も実は批判できるわけです。ブッシュを倒せと言ってもだめなんです。われわれにはブッシュさんを選ぶ権利がないからです。ブッシュさんを倒せるのはアメリカ人だけです。金正日を倒せるのは北朝鮮の人たちだけです。フセインを倒せるのはイラクの人たちだけです。

ですから、そういう不都合な人たちがいたら――ブッシュさんを不都合な人の中に入れてしまったのですが(笑)――、これは手続きの問題で、時間がないので偶然入れてしまったのですが、当たっているかもしれません。私たちはアメリカ人たちに問いかけないとだめですよね。私たちは北朝鮮の人たちに問いかけないとだめなんです。あの人たちに決めてもらわないといけないわけです。安直にブッシュを倒せ、フセインはけしからんというのは、ちょっと手続き無視だなと密かには思っています。抗議するために、アメリカのものをいっさい買わないという人が増えました。それも一つの方法だろうと思いますが、もっともっとアメリカの普通の人たち、反対している人たちもいますから、そういう人たちとつながっていかないといけません。われわれ、じかにブッシュさんを退陣させることはできません。これは吉野作造の国際主義という考え方です。つまり同じ境遇にいる、違う国の人たちとつながっていくということです。

珠玉の政治論文

最後に一つだけ申し上げますと、昭和八年に国際連盟の総会がありましたが、当時、日本は国際連盟の常任理事国です。五大強国があって、アメリカは入っていませんでしたが、とにかく常任理事国でした。その総会で、満州事変後、中華民国が日本は満州から出ていってほしいという決議案を出したところ、賛成が四十二票、反対が日本一票、棄権が一票で、日本は満州から撤退しなさいという国際連盟の圧倒的な決議が出るわけです。日本はそれに不服を唱えて、常任理事国がいきなり脱退してしまいます。

でも相当心細かったと見えて、日本の心ある人たちが政治では国際的孤児になったけれども、ほかのところでは国際的なところへ入っていこうというので、一つは東京オリンピックの昭和十五年開催を決めます。もう一つはペンクラブの日本支部をつくって、同じく昭和十五年に日本でペンクラブ国際大会を開こうということを決めます。つまり政治的には国際社会から放り出されたというより、自分で出てしまったわけです。そのあと続いてナチス・ドイツも脱退する、イタリアも脱退する。脱退したのは枢軸国ですから、これではまずいと思ったのでしょうね。

僕はペンクラブの所轄官庁が外務省だということがよくわからずに、今度一生懸命調べたら、外務省の中堅の役人と作家の人たちがこのまま国際的孤児になってしまうとまずい、とにかく国際的につながっていこうということで、国際ペンに入って、いまもそうですが、国際ペンの日本センターになるわけです。そうやって昭和十五年に世界中の文筆家に東京に集まってもらって大会をやろう、スポーツのほうではオリンピックをやろうということで二つ決めます。これはご存じのように、さらに統帥権が独走しはじめて、この二つとも消えてしまい、次の年には太平洋戦争が始まります。

そういうことを見ますと、吉野作造の伝統は満州事変のあたりでプツッと切れて、戦後ピュッと復活していますが、私たちが日本国憲法を完璧に自分のものにしているかというと、そうでもない。皆さんは違うと思いますが、ちょっと忙しくて投票に行けませんでしたという人も大勢いらっしゃいます。

もう一つ、この憲法の下に集まれという国づくりもあります。僕は『吉里吉里人』という小説で、憲法の下に誰でもその国の人になれるという架空の話を書いたのですが、実はアメリカがそうなんです。アメリカは、このごろはテロリストも入ってくるということで移民を制限していますが、独立宣言とアメリカ連邦憲法を自分の価値として受け入れる人に国籍を与えます。ですから国籍をもらうときには、必ずその価値を受け入れる。そして憲法で国づくりをしているはずですが、民主主義というのは民主的方法で独裁者をつくったりする場合もありますので、なかなか難しいですね。

でもその先どうなるのかということも、今日はお話しできませんでしたが、吉野作造は全部考えています。吉野作造の雑文集は、いまとなれば珠玉の政治論文といっていいと思います。みんな忘れている思想家の中に、実は今日的問題をきちんと踏まえて、何十年も前に答えを出している人がいた。そういう人をもう一度掘り返して読むという作業をわれわれはしないといけません。今日的な問題をたくさん含んだ、この先のことも含んだ、すばらしい論文をたくさん書いた学者がいて、その学者のものはいまでもちゃんと読めるということを皆さんにお伝えして、私の話を終わります。

（講演・原題「吉野作造を読みかえす」――〈岩波の文化講演会〉二〇〇三年五月二四日、京都会館（京都市）、主催・岩波書店、共催・京都新聞社）

2　ユートピアを求めて

——宮沢賢治の歩んだ道——

父との関係、うつ状態

私がこの講座のトップバッターとなりました。最近、宮沢賢治の評価がさかんで、外国でも読者がどんどん増えていると聞いています。こうして彼に関する講座を開いても日本中からたくさんの人が集まってくるのですが、お聞きの方がたの中にはほとんど半生をかけて宮沢賢治に打ち込んでいらっしゃる非常にくわしい方もいらっしゃれば、「雨ニモマケズ」という詩しか知らないという、まったく汚れていない(笑)方もいらっしゃいますので、どう話を展開していくかは非常にむずかしい。

そこでまず、私がむかし賢治を主人公にした『イーハトーボの劇列車』という芝居を書いたときに、私なりにつかんだ宮沢賢治の生涯のひとはけスケッチをお話ししましょう。それから、彼が意識的あるいは無意識的に残して行ったもの、われわれが次の世代として受け継いでいかなければいけないものなどを述べてゆきたいと思います。

宮沢賢治は明治二十九年、一八九六年八月二十七日に岩手県花巻市、当時花巻町だ

った と思いますが、そこに生まれました。

父親の職業は質屋兼古着屋です。

古着屋といいますと、みなさんは「なんだ、せこい商売だな」というふうにお考えかもしれませんが、当時の古着屋というのはそうではありません。これは江戸時代からそうですが、だいたい京都でその年に流行《はや》った着物が次の年、あるいは二〜三年たって「これ、もう流行りじゃないわね」みたいな感じになってから船で酒田や松前、あるいは八戸とか、東北のいろいろなところへ着きます。つまりいまの日本のアパレル業界が「これはパリで流行ってます」といって東京の人に買わせているのと同じことで、どこかの有名ブランドの商品を地方へ売る時の、この場合は一度使ったものを払い下げていくわけですが、その地方の拠点が古着屋だったのです。

ですから、いま古着屋というとなんか貧乏くさいイメージがありますが、そうではなく、江戸時代にはその町の最先端という感じがありました。

宮沢賢治の生家は大きな質屋さんで、町会議員などの名士をたくさん出している家柄でした。もちろん質屋ですから、京都の着物ばかりじゃなくて、お百姓がせっかく買ったものをそこへ持ってきてお金に替えて生活費にしたり、年貢の代わりにしたりした。だからみんな涙がこびりついている着物なのです。

ですから、宮沢質店の前を通りますと、おそらく若い娘さんなんかが、「あれは去年、うちのお父さんがつくってくれた着物だけども、うちがうまくいかなくなって、それが質に入って流れて、いまだれかほかの人が着るために、ぶら下がっている」と思いながら眺めているということもあったでしょう。そういう質屋、古着屋自身はたいていお金持であり、一方で、その前を通る人たちにとっては嘆きの店であるわけです。

そういう家に宮沢賢治は生まれました。たいへんな秀才でして、盛岡中学に入ります。いまもそうかもしれませんが、当時ここは東北でいちばんいい中学で、ご存知のように石川啄木や宮沢賢治をはじめ軍人もずいぶん出ていて、有名人の出身者を挙げたらキリがないというたいへんな秀才の集まる学校です。地方の名士の子ども、金持の子どもなどといっしょに、宮沢賢治もそこに入学して寄宿舎に入ります。

さて、彼はその盛岡中学に入って楽しく親元をはなれて暮らしていたのですが、やがて問題が起こります。宮沢賢治という人は、一生の中で何回か、精神的に非常に不安定になる時期があったのですが、その一回目として十七歳のころ、賢治は非常なうつ状態に入ります。それは、中学の卒業が近くなり、彼は長男ですので、お父さんが花巻にもどってきて家を継げといってきたころからはじまります。

宮沢賢治には、こういう不安定な時期が生涯に四回ぐらい起こります。このときはちょうど鼻炎が起こって入院するのですが、当時の中学生のたしなみで、病院で詠んだ短歌がのこっています。このころは、中学生が日記のかわりに短歌なんかを書いていた時代なのですが、この短歌のなかに明らかに非常に異常な様子が見えはじめます。ぼくが気がついたところでいいますと、しきりに自分の脳がおかしい、頭がおかしい、非常に不安を感じる、だれかに見られているという、精神分析でいう「被注察感」があります。たとえば、そのころの歌に、

うしろよりにらむものあり
うしろよりわれらをにらむ青きものあり

だれか、青いものがじっと自分をにらんでいる、だれかに見られているという不安です。それからまた、

目は紅く関折多き動物が藻のごとく
むれて脳をはねあるく

という変な短歌があります。目が赤くて関節がたくさんある海藻に似た動物が、自分の脳のなかをはね歩いているというのです。

それから妄想が浮かびます。短歌からひとつ例をとりますと、

星もなく赤き弦月たゞひとり
窓を落ちゆくは只ごとにあらず

これは病院に入って窓の外を見ているのですが、星がない夜に真っ赤な弦月がずっと落っこちていくという妄想です。彼はそういうものでしきりに悩み、不眠になります。そして、頭が痛い、脳がおかしいという自覚症状を日記がわりに短歌に詠んでいる。

これがどうして起こっているのかというのは、宮沢賢治自身はわかっていない。ただ、後世のわれわれがいろいろな資料や研究によって調べると、これはお父さんとの問題であろうということになるわけです。つまり父親の言いつけどおりに、いいところのお坊ちゃんとしていい中学校を終えて、そのまま家へ戻って、賢治から見ると非常

に辛い商売をやらなければいけないという時期が卒業と同時に迫ってきている。それに対して本能的に反抗したり苦しんだりする気持が、賢治にこういう短歌を詠ませるところへ追い込んだのでした。

そうして、卒業した年の九月に家にいったん帰りますが、賢治が「勉強したい、上の学校へ行きたい」とあんまりいうので、いままでいうとモラトリアムといいますか、お父さんが「じゃ、家を継ぐのをもうちょっと延ばしてやろう。おまえが学校へ行ってもいいよ」といったとたんに、この症状はうそみたいに治って、それから非常に快調に入試の勉強にはげみます。

こうして盛岡高等農林という学校、いまの岩手大学の農学部ですが、当時の農業、林業などの学問にかけては日本でもトップクラスの高等専門学校に首席で入ってしまいます。

ですから、彼がお父さんとの関係をいかに悩んでいたかというのは、この最初の変な時期を見てもよくわかるわけです。家を継ぐのはいやだといって精神的に非常に追いつめられてしまいながら、それを察したお父さんがもうひとつ上の学校へ行っていいといった瞬間にケロッと治ってしまう。

そして高等農林に入って、二十一歳の春三月卒業するのですが、非常に優秀なので学校へ残れといわれました。初めは先生の手助けを研究室でやっていたのですが、非常に優秀なので生徒の実験を指導する指導助手になり、この先は講師から助教授→教授というコースが当然予想されていました。しかし、父親から「おまえの願いどおりに上の学校へ進ませたからおまえも気がすんだだろう、だからもうそろそろ家に帰ってこい」という要請が出はじめます。

そうすると、とたんに集中力がなくなって実験ミスが多くなるのですね。フラスコを破裂させるようなめちゃくちゃな実験を用意しちゃったり、それはミスじゃなくて賢治のひとつの表現だったと思いますが、そのほかにも高等農林に出かけて行くのに盛岡高等女学校の門に入って行ったとか、いろいろなエピソードが語られています。

そういういろいろなことがありまして、ついに最後は心因性の胃病になって、学校をやめて花巻に戻って、しぶしぶ自分の家の仕事を手伝うことになりました。これがだいたい二十三歳の時で、大正八年、一九一九年前後です。それから一年ぐらいうつうつとして店番をやっていたのですが、やがて、二十五歳の時にそれが爆発します。

日蓮宗、家出、躁状態

この爆発のひとつの大きな原因としては日蓮宗があります。賢治と日蓮宗の関係は非常に重要です。

日蓮宗について私は深く知りません。しかし、賢治を理解する場合に、次のことが非常に重要ではないかと思います。

日蓮宗の大きな特徴は、現実の世界を変えてしまおうという考え方です。仏教にもいろいろな宗教がありますが、大きな力のあった浄土宗などの考え方は、どんな人でもひたすら念仏を唱えますと、死んでから仏様の力で極楽浄土、西方浄土に行けるというのが基本です。いかにこの世が辛くて、ひどいところでどうしようもなく、人は欲ばかりで金がものをいって、裏切ったりするけれども、そういういやな世の中を必死になって一生懸命念仏を唱えて暮らしていると、死んだときに極楽へ行ける。

ところが、日蓮宗は、それではだめだというのです。つまり理想をよそに求めないで、信仰によってこの現実の世界を理想の世界に変える、これが日蓮宗の根本です。西方浄土なんてウソである。生きているうちに、いまいるこのひどいところを少しでも信仰の力によっていいところにしようというわけで、これは当然、浄土真宗などとは対立します。どこか、カトリックとマルキシズムの対立と似たところがありますが、この対立は賢治のなかにも起こったのです。

賢治の家は浄土真宗でした。貧乏人に金を貸して品物を預かって、借りた人が返せなくなったらその品物を売ってもうけていくというのは、たしかに嫌な商売かもしれない。しかし、それでも世の中の役には立っているのだから、これは人間の仕組みでしようがないというわけで、代々念仏を唱えていたわけです。

お父さんも熱心な浄土真宗の信者です。お金がありますから、毎年夏に講座みたいなものを開いて、中央から偉い仏教学者、宗教学者を呼びまして仏教の話を聞いていた。ですから、おそらく賢治に対しては「おまえの気持はよくわかるけれど、しようがないのだ。これもいってみれば、仏の道筋なんだ。一生懸命それなりに頑張って念仏を唱えて、死んだら西方浄土に成仏すればいいではないか」というふうにお父さんはいったと思います。

賢治はそれにどうしたら対抗できるかということを一生懸命考えていました。そこで賢治が自分で見つけ出してきたのが日蓮宗です。お父さんと対抗するにはこれしかないと無意識に思って、いちばん先鋭的な日蓮宗を選んだのです。

ここで考えなければならないのが、日蓮宗のもうひとつの特徴である折伏《しゃくぶく》です。つまり世の中にはまちがった宗教観や価値観があって、念仏を唱えて死んでからいいところへ行くのだという考え方を広めている。この世をよくするためには、そうした宗教観を徹底的に論破して、新しい日蓮宗の価値観を植えつけるという折伏活動が非常に重要であるというわけです。

あなたの考え方はまちがっている、こっち側の考え方になりなさいということですから、これはかならずけんかになりますし、相手が時の権力だったりすると当然、迫害されます。

賢治はその日蓮宗を使ってお父さんに説教しまくります。有名な話ですが、褌《ふんどし》一丁になって水垢離《みずごり》をとって、太鼓を打って、「南無妙法蓮華経」と花巻の町中をふれ歩いたりした。

そんなわけで、それまでいやな家を継いで軽いうつになっていたのが、こうして二十五歳の一月二十三日に突然、ジャーンとして躁状態に入って家出します。その家出の動機も、日蓮上人遺文が棚から落っこちたのを見て、私は何かをやらなければいけないと思ったという。

さて、家出してからの賢治の生活ですが、これがものすごいものでした。まず花巻を飛び出し、汽車に乗って一直線に上野に上京します。

賢治は生涯で九回東京へ出ていますが、その中でもこの時の家出では、とにかくやみくもにただ東京を目指す、とにかく行けばなんとかなるという感じの上京で、妹のトシさんが日本女子大に入っていたのでそれを頼りにというのもあったでしょうが、当時の賢治自身、どうしても都会で暮らしたいという大都会志向があったのです。貧しい東北から抜け出したい、父親の支配から抜け出したいということもあって、大都市への脱走を試みていたわけです。

もともと賢治は、国柱会という日蓮宗の活動者の在家団体、その中でも当時の新興宗教運動の旗頭の田中智学という人のものすごい戦闘的な折伏教団に入っていましたから、上京してさっそく、そこの本部に駆けつけました。そして午前中は印刷所のアルバイト、お昼は上野の不忍池《しのばずのいけ》のまわりで街頭布教、午後は国柱会で奉仕活動、つまり清書したり掃除したりお客さんの案内をしたりという雑役をやって、夜は原稿執筆をした。

この時期の食事は主に水とジャガイモだけで、体中が膨れ上がってしまいます。だけど当人は意識がものすごく高揚していますので、この約八カ月の上京期に書かれた原稿は四百字用紙で三千枚と俗にいわれています。これは賢治自身がいっていることですが、原稿用紙に向かいますと、マス目マス目に字がピョンピョンと躍り出して、「どうぞ早く書いてください」とお辞儀をするという。

こういう状態は、ぼくもわかります。ぼくの場合、たとえば『ひょっこりひょうたん島』を書いたとき、ドンガバチョとトラヒゲが頭の上でしゃべっている、早く書かないとそれが消えちゃうんで、一日に百五十枚書いたことがあります。でも、原稿用紙から字が飛び出してきてお辞儀をするということはありません。やはり天才はちがうと思います。

漱石も『坊っちゃん』を書くときには、どうしてこんなに速く書けるかと思うぐらい、原稿用紙に向かうとすぐ言葉が飛び出してきて、アッという間に書けたという。ちなみに『坊っちゃん』は十二日間ぐらいで書いたといいます。

その後、賢治は、ぼくの芝居ですと、お父さんのトリックで、日本女子大を卒業して郷里で先生をしていた妹のトシが病気になったとかいって花巻に呼び返されることになっています。ですが、実際には、賢治の躁状態はいつもだいたい一年ぐらいしか続かないですから、冷静になるにつれて帰ろうという気になったのではないでしょうか。それでもはじめは、当時のお金で五十〜六十円の石の研磨機を買いこんで、石を磨いて模造の宝石をつくる仕事で、お父さんから離れて自活しようとしたのですが、それがうまくいかず、結局、賢治は花巻に帰ります。

その後、妹が死んでうつになる時期、詩をつくるのをやめてしまう時期がありますが、それから立ち直って、花巻の農学校の先生になります。ここまでが、ひたすら父親と争い、日蓮宗と東京にいろどられた、いわば賢治の生涯の前半です。

そしてこのあと、花巻での彼のまったく新しい生き方がはじまったのです。

農民運動、オペレッタ、エスペラント語

賢治もしばらくは花巻農学校で教師をしながら、わりとふつうの生活をしていたのですが、大正十四年、二十九歳ぐらいになってまたうつがはじまります。それで突然、農学校をやめて、花巻市内の宮沢家の別荘へ移り住んで自炊をはじめ、ここでまた躁になってくるのです。うつ状態から生活を切り替えたとたん躁状態がはじまる。この人はいつもそうなのですが、そういうことが六〜七年周期でやってくる。

この躁状態がまたものすごくて、農村生活をなんとか豊かにするための農民運動をはじめます。たいへん高揚していて、詩は毎日のようにつくりますし、毎日農作業をする。それからいちばん賢治が力を入れたのは、やせた岩手県の土をもっと作物のとれる豊かな土にするための肥料設計でした。農家の人びとに、あんたのところの畑はこういう肥料をまいてこうやって土の性格を変えなさい、という指導を必死になってタダでしてやる。

おまけに、羅須地人協会といって毎週若いお百姓さんを集めて講義をしました。しかもその内容は、百姓は同時に芸術家でなければいけないといって、オペレッタをや

ろうとか、楽器をみんなで弾けるようにしようとか、エスペラント語を習おうとかいうのですね。

私の芝居の『イーハトーボの劇列車』というタイトルのイーハトーボというのは、じつはエスペラント語でいう岩手県のことです。賢治はこのころエスペラントに非常に熱心になっていまして、岩手県のほかにも仙台のことをセンダーノとか、東北や日本全体、あるいは世界全体をエスペラントに翻訳して考え直していました。

それは地方と都会とか、中央と辺境とか、そういう枠組みにとらわれないようにエスペラントという普遍言語を勉強して対抗した、いわばかつてのお父さんに対抗するための日蓮宗というのと似ていたという見方もできると思います。

現実には、エスペラント語というのはあまり流行りませんでした。あれは世界普遍語といってもヨーロッパ語の伝統にもとづいた人工語ですから、ヨーロッパ人にとっては非常にやさしいと思いますが、われわれアジア人にとってみますと、エスペラント語もフランス語やドイツ語と同じむずかしさがあります。

あれは私はヨーロッパ人のやや思い上がった世界共通言語の創造というふうにつかまえていますが、賢治の時代にはある種の理想の光に輝いていた言葉です。

これは後世からはいえることですが、賢治のやった活動にはいくつか思いちがいもあると思います。まず第一に、お百姓さんが喜ばないのですね。つまり、汗水たらしてつくった作物をどういうふうにして少しでも高く売るか、というのが百姓の最大の運命の分かれ道です。それを買いたたかれるところに百姓の辛さも出てくるのですが、賢治の場合は農作業を一生懸命やることを重んじて、とれたものはリヤカーに載せて花巻の町でタダで配ったりなんかしているのですから、これはいわば農民の敵です。そういうところが、まだお坊ちゃんらしい。

それから、なぜ花巻でエスペラントやオペレッタをやるのか。獅子舞いとかお神楽とか、あそこには民俗芸能がたくさんあります。なぜそういうものに賢治は目を注がなかったのか。これは時代の雰囲気もあったと思います。オペレッタなんていまの新しいミュージカルみたいなものですから、そういうほうへ目が向く。ぼくの芝居でもそういう批判をしたのですが、いまからみていえることとはいえ、やっぱり彼にも限界はあったように思います。

賢治はだいぶ時代を超えている人ですが、西洋ハイカラ主義に非常にあこがれているところがあるのですね。

花巻に居ついて、自分はここにいるしかないと考えたあとでも、賢治はときどき上京しています。国外のいろいろ新しい考え方とか、新しいものが大都会の東京へ入ってきて、それがやがて少しずつ地方に及んでいくには時間差があるものなのですが、賢治の場合は、自分がいきなり東京へ行って、本などを買いつけてくるわけです。そうしたものについてのアンテナは非常にしっかりした人で、東京のインテリと同じぐらい速くキャッチしてしまう。そうしたたいへんな西洋へのあこがれが、地元の農民というところへまだ結びつかないうちに、一生が終わってしまったのです。だからこれは批判というよりも、むしろぼくらがどう引き継ぐかという問題だというふうな気もします。

このころにはもう東京の文化に対しては冷静な態度をとれるようになっていまして、たとえば教える時でも東京でできた教科書を使いませんでした。それは、花巻は東京とは気候も土壌もちがうのだから、花巻には花巻の教科書があるべきだということがきちっとわかっていたからです。その人が、文化についてはヨーロッパに教科書があり、その教科書を日本の花巻でもやらなければいけないと考えてしまった。賢治のある意味では面白いところなのですが、東京には参らないけれども、ヨーロッパには弱いという部分は、最後まで残っていました。おそらくもう少し生きていれば、そういうことも愚かだと気づいたと思うのですが。

とはいえ、たいへんな活動時期をもう一度迎えていたのですが、それも約二年ほどで、こんどは肺結核になって寝込んでしまい、家でずっと療養生活をします。

　このへんから作品も、短編以外に長いものが出てくる。それから前の躁状態のとき上京して書いたものに手を入れたり、詩では文語詩が始まります。全体として、当時の不治の病にあった人にしては非常に落ち着いていて、いまから見ると、死に備えていたという姿勢も感じとられます。

　こういうふうに躁とうつがいっしょになっている状態が出てくるというのは天才の証拠です。やはり本気で自分のなかにあるものを外へ取り出そうとする人は、ものすごく仕事ができる時期と、充電しながらさらに次の活動を待つ時期があるというのは、むしろ自然なことです。

　もちろん、コツコツと作品を書いた人もいますから一概にはいえませんが、啄木にしろ、太宰にしろ、非常に波があって、いつ死ぬかわからないというタイプの作家をわれわれは好きなようです。

　賢治の偉かったところは、頂点の時にも、自分の力を過信しないでほかの力を呼び込んで神がかりになって書きまくり、一方で気持が落ちこんでいるときには、書いたものを何回も何回も推敲を重ねてきっちり直していくということを地道にやったことだと思います。

そしてもう一回、最後に軽い躁があります。一関にある東北砕石工場に就職して、技師になり、石灰肥料の改良を一生懸命やります。砕石工場というのは石灰を砕く工場ですが、結核が少し収まったぐらいなのにそこに入って、商品の改良をしたり、重い石灰肥料を持って売って歩いた。結核患者がそんなことをやれば死ぬのはわかりきっているのですから、これはほとんど自殺です。

そうして、東京の神田へ出たときにひっくり返ってしまって、その後ちょっと東北に出た時期もありますが、結局そのまま死を迎えるのです。

話し言葉と書き言葉

ここであらためて、宮沢賢治の残したものについて考えてみたいと思います。まず挙げられるのは、賢治の日本語のすばらしさです。これはただ単に才能といってしまえばおしまいですが、外国人を動かすほどの力がある日本語を生みだした珍しい人です。これはなぜかと考えるのですが、われわれ作家はとかく狭い読者に向かって小説などを書いてしまいがちなのが、賢治の場合は、布教という行為を通じてあらゆる人に向かって書くことを身につけていったのではないか、それが、意外な奇蹟を生んだのです。

批評家に向けて書いたり、ごく少数の劇場に向けて書いたりしているとだめで、広く、日本人すべてに向かって訴える文章であったことが、宮沢賢治がこれほどわれわれに読まれ、かついま世界中にすごい信者が増えてきている理由だと思います。

こうしたことは、賢治だけにあてはまることではありません。いま非常に読まれている作家は年代順に夏目漱石、宮沢賢治、太宰治と三つ並べられます。この三者に共通しているのは、話し言葉に近い文章です。とくに漱石の『坊っちゃん』や『草枕』がそうですが、ほとんど会話調です。つまり、だれかにしゃべっているように書いている。

じゃあ、しゃべり言葉を字に書けばいいかというと、そうじゃないのですね。いま若い人向けの雑誌などに、会話体、しゃべっているような調子で書いてあるものが載っています。これらには傑作もあるでしょうが、概してつまらない。しゃべり言葉をただ原稿用紙に書いていても、文体は新しくならない。

漱石も賢治も太宰治も、あくまでも書き言葉の一種なのです。その根っこにあるのは、いかに話し言葉を書き言葉に移しかえて、なお、話し言葉のもっている自由さおもしろさを活かすかという、たいへんな大事業なのです。

漱石は落語が好きで、寄席にしょっちゅう通っています。

太宰治は浄瑠璃、義太夫が好きで、とくに学生時代は義太夫にものすごく凝りました。

賢治の場合は、ぼくは日蓮宗のお経の経文だと思います。

そういう日本人が昔から育ててきた、日本人が日本語とある意味でぶつかった際に口で唱えるものをいかに書き言葉へ移しかえるかという仕事に成功した人は、時代がどう変わろうと読まれます。

賢治の研究家である天沢退二郎さんのおっしゃるには、賢治の童話からは声が聞こえるということです。これは、いい作家の条件です。

太宰治をなぜあんなに若い人が好きかといいますと、絶えずある声で語りかけられているからです。漱石も、とくに初期の作品は全部そうです。いい作家のいい作品は、その作家がいろいろな物語を展開していきますが、それが読者に語りかけているのです。読者に語りかけることができない作家は時間がたつと忘れ去られていきますし、大した作家ではなかったということになります。

賢治の場合も、いつも賢治の声が聞こえてくる。われわれ読者は、宮沢賢治の声をいつも聞いているのです。

一方、話し言葉からはなれた書き言葉のひとつの極である森鷗外を、いま読む人はあまりいません。別に森鷗外が悪かったわけではなくて、森鷗外の文章が問題なのです。森鷗外の文章は、ずっと日本の文学作品の手本でした。だから日本文学はだめなんだ、という説もあるぐらいです。

森鷗外のいちばんいい弟子は、おそらく志賀直哉だと思います。志賀直哉さんあたりまではよかったのですが、志賀直哉さんを取り巻いている人たちで、文章というのは彫りを深くしなければいけない、だから漢文が書けない人の文章はだめなんていう人がいますが、こんなのは嘘っぱちです。

文章をつくるうえで基本的に大事なものは、漢字をよく知っているとかではなくて、もっとちがうところにあるのです。書き言葉としてあまり完成させていくと、書き言葉の世界に閉じ籠もって、むずかしい漢字を使ったり長い文章を書いて、ひとりですごく偉いことを書いたような気になってしまう。ぼくもそういう気になったことがあります。

しかし、読者というのはみんな話し言葉の達人です。みんな話し言葉の現場の人で、それをよく知っているのです。それをうまく書き言葉に変換して、さらに書き言葉として話し言葉のいいところが生きているということが、どうも小説の文体の基本らしいですね。それがやっとこのごろ、文学の世界でもみんな気がついてきたのじゃないかと思います。

百年たって読まれる人はというと、やはり夏目漱石、宮沢賢治、太宰治だと思います。しかし、森鷗外はごく一部の研究者しか読まなくなると思いますね。

そのほか、樋口一葉という人もかなりいける素地はあると思うのです。この人も、もちろん文章は古いスタイルですが、話し言葉の息を非常に活かした人です。

賢治の場合も、もともと才能がある人が、ある時期、話し言葉である日蓮宗の経文の文章を徹底的に暗記した。布教するのですから、暗唱してそれがいつでも取り出せるようにしなければいけません。なおかつ折伏という形で、なかば迷惑している人を相手に説き伏せるのです。それをどこまでもやろうとしたところに、彼の文学におけるじつにうまい配剤があったと思います。

宮沢賢治の童話は、日蓮宗の布教童話という観点からも読めると思います。賢治は最初の上京期の三千枚の童話を完全にそういう立場で書いています。しかし、そこは才能で、日蓮宗のもっていたいちばんいいところ、人間の普遍的な部分を賢治はつかまえていますから、ただの布教童話にはならなかったのですね。

自然と和解する生き方

しかし、文章以上に賢治の残した大きなものは、人間と人間以外のものとのかかわりについてです。先ほどお話しした、原稿用紙から字が飛び出してきてお辞儀するというのは、賢治の大きな特徴だと私は思います。これは精神分析の言葉でいう有情《うじょう》体験の一種です。ふつうの人間にとって、しゃべるのは人間だけです。

　ところがぼくらでも調子のいいとき、たとえば秋晴れで、仕事はうまく済んじゃっていて、多少のお金とひまがあって、外へ出ると空が青いなあなんて思うときに、空が語りかけてくるような感じを持つことがありますよね。これが有情体験です。ぼくはそれを世界と和解するというふうに呼んでいます。人間以外のもの、空でも雲でも、イヌでもネコでもネズミでも石コロでも、何でもいい、そういうものが自分に向かって語りかけてくる。こんなことが始終ですと、これは病院に行ったりしなければいけないとわたしたち凡人は考えるわけですが、賢治の場合まさにそれがしょっちゅうあるわけです。

　賢治の童話では、人間はもちろんですが、自然のなかの全部のものが人間としゃべって、人間と交流し合って、話をし合います。これは賢治がわれわれの時代に残していった最大のメッセージの一つだと思います。

賢治が自分の体を小さな宇宙だと思っていたことはたしかです。大きな宇宙のなかに自分の体があって、花びらがあって、いろいろな虫も木もたくさんある。そして、そのそれぞれがひとつの充足した小さな宇宙であると考えていたのでしょう。いろいろなものと口をきいたりするという賢治のおもしろいクセは、そういうところから出てきているのではないかとぼくは思います。

賢治は体が弱い人でしたし、運動の非常に苦手な人でした。それからやがて結核になりますし、当然、性欲の問題も起きたでしょう。

ですから、自分の体がほかとくらべると非常に劣っている、ぶきっちょである、しかもその体が非常に不思議なことを要求してくる、そういうことはうんと考えていたと思います。

ですが、そうした不器用な体を持っていたからこそ、かえってすらすらと体を使いこなせてしまう人とちがって徹底的に自分の体と対話するということをしていたのではないでしょうか。そして賢治はまた、ただ考えて悩むだけではなくて、自分の体を透明にしちゃって、そこへいろいろな人の、あるいは森や木や林や動物たちを、自分の体に流しこむといったことをやれてしまった人でした。賢治の言葉を借りていえば、あの人は透明な幽霊なのです。

体を非常に意識した人ですが、その意識した過程の最後に賢治が自分の体をつかまえたとすれば、それは透明な幽霊としてではないかと私は考えています。

〝性欲に悩む賢治〟なんてのは、あまりおもしろくないですね。

世の中にはいろいろな研究者がいらっしゃって、賢治は童貞だったかそうじゃなかったとか、妹との感情は恋愛感情に近かったのではないかとか、いろいろ論文がありますが、ぼくはそういうのは好きじゃないのです。童貞だったから変わった人だというふうには、ぼくはあまりとらないのです。

世の中には女好きの男もいますが、女嫌いの人もいるし、たまたま童貞だったりする。ぼくは童貞の男性はずいぶん見ています。私はカトリックの施設にいましたが、そこの修道士というのは全員童貞です。最近ではカトリックも自由になって、神父さんでも結婚していいのじゃないかという意見が出るぐらいになりつつありますし、当時からカトリックの神父さんが突然神父をやめて結婚してしまうということもありましたが、童貞はぜんぜん不思議でもなんでもないのです。

ぼくも一時期、修道士になろうとしたことがあって、童貞の問題にぶつかって、自分はもたないだろうと思い、そういう人間がそうした世界に入ると周囲の迷惑になりますからやめましたが、童貞を特殊なこと、たいへんなことだとは、ぼくはあまり思わない。

賢治は、作品の中にほとんど恋愛の要素を入れていません。

ぼくも恋愛シーンを絶対に書かないというので有名……でもないですが、とにかくあまり恋愛シーンを書けない。それから殺人シーンもあまり書けない。それは本能的なものです。賢治とぼくがいっしょだというのではありません。ただ、賢治があいうふうに性の要素抜きで作品を書いてしまったというのは、きっと賢治の本質だと思います。物書きは自分の本質、自分の関心事をどうしても書きますので、賢治にとって性にまつわる問題はほとんど意味がなかったのだ、とぼくは思います。半分は子ども、半分はすごい老人のような人だったような気がします。

性は、人間同士の交流には役立ちますが、人間以外の動物や植物、神などとの交流には、あまり役に立ちません。かえって、性にとらわれてしまうと、そうしたものとの対話の感覚が閉ざされてしまうという部分もあると思います。賢治は性にとらわれなかったからこそ、人間以外の世界と通ずることができたのではないかと思うことがあります。

この地球のうえで生きているのは人間だけではない。森も動物も生きているし、木も花も石コロも全部生きている、世の中全部が生きている。それが人間と交歓を欲しているのに、人間は愚かにも聞く耳を持たないという感じになっている。あらゆる万物の声を聞き、対話をしなければいけないというのが賢治から取り出せる大きな思想のひとつですが、これはわれわれが現に突き当たっている問題です。

賢治の童話の特徴は、人間の住む世界と動物たちが住んでいる山との境界ですべての事件が起こることです。人間の世界のなかではそんなに起こらない。いま、われわれは自然とどうかかわっていったらよいかでだいぶ苦労しています。

ごぞんじのようにフロンガスは知らないうちにオゾン層に穴をあけていたし、日本の経済活動がもとで南方の熱帯雨林がなくなっていく。

人間のやることに対して大自然のほうが悲鳴を上げてきている、というのがいまの時代の特徴だと思います。それなのに、そんなことには聞く耳を持たない人がたくさんいます。

もうこういう経済サイクルをはじめちゃった以上行くところまでいかなければやめられないんだ、あとは念仏を唱えていればいい、そういう考え方が多くなっている。そうじゃなくて、いまやめるものはやめなくてはいけない。この地上を人間とかほかのものたちがすむ理想の場所にするんだという、賢治が日蓮宗の影響も受けて作品で展開した考えが、より真剣に必要とされてきているのが、いま宮沢賢治があらためて注目を集めてきている理由なのではないでしょうか。

多面体としての人間

そうした理想への転換のカギは、賢治の生涯の中にたくさんころがっています。たとえば、一人の人間の生き方として、ナントカ株式会社の社員であるというだけではだめだということです。

これは賢治が羅須地人協会でしきりにいっていることですが、百姓はただ土を耕しているだけではだめであって、同時に芸術家でなければいけない。さらに同時に宗教家でも科学者でもなければいけない。一人の人間は少なくともその四つぐらいを兼ね備えないと人間として楽しく一生を送れないということを、手を替え、品を替えいっています。

これは非常にすばらしい意見だと思います。ある会社に入り、その会社に全部捧げてしまって吸い取られるだけ吸い取られて放り出されるというのではなくて、会社の人間であると同時に、自分の好きなことをきちっとやりながら、地域ともつながっていくという生き方を、いま、現にわれわれは要求されているし、人間はいろいろな多面体となって生きていかないといけないということを教えてくれるわけです。

いま世紀末ということがさかんに言われていますが、賢治の生きていた当時でも、第一次世界大戦があったり、機械文明がおこってきたりして、世界は行き詰まったと思われていました。そういうときにバリ島という桃源郷みたいなところが発見されまして、ちょうど賢治が盛岡の高校生のころに世界的なバリ島ブームが起こります。賢治の蔵書目録などを見ていますと、バリ島を一生懸命勉強しています。

バリ島の人たちというのは、まずヒンズー教徒であり、そして農民であり、同時に芸術家でもあります。バリ島では朝早く起きて村へ行きますと、きれいな田んぼでみんな働いています。ところが、それは十時ぐらいにはもうやめて、ごはんをゆっくり食べて、昼寝なんかして、ちょっと近所のお寺へ行く。それからお寺で闘鶏の賭事をやったりして、夕方五時ぐらいになりますとそれぞれの家へ引きあげて、こんどは観光客が来ようと来まいと、いろいろな芸事に精を出します。その芸事を見に世界中から人が集まってくるわけです。

バリ島のダンスは非常に有名ですばらしいものですが、それは農民という、ある意味ではシロウトがやっているわけです。農民でコメをつくりながらヒンズー教の非常に敬虔な信者、つまり宗教家であり、それから芸能家であるわけです。

賢治はそれに科学者を加えて、一人の百姓が科学者でもあり、宗教家でもあり芸能家でなければいけないという。

これはどういう意味かと考えてみますと、宗教家はとかく主観的になって独走しがちなのを科学者の部分が批判する。ところが、科学者が理性を重んじて全部理でわりきっていくと、逆に人間以外のものが見えなくなって視野がせばまってしまったりしますので、宗教家の部分でそれを批判していく。

そのあいだに芸術家が入って一個の人間としてまとめ、生活者としては田んぼを耕していく。そういうことじゃないかとぼくは思います。

いつもひとつのところへ所属して、いい学校へ入って、いい会社へ入って、自分の意思をそのひと色だけに塗りつぶして、たまにしかない休みにはドドドッとリゾートへ遊びに行って疲れて帰ってくるという生活が、じつは楽しくも豊かでもないということは、もうみんな知っていることです。

休みを多くすると、ゴロ寝になっちゃっていけないという人もいますが、ゴロ寝をし尽くしたところからまた新しいことがはじまるはずです。

賢治が農民たちといっしょに追求したのは、自分は詩とか童話を書く人間だけではない、百姓であり、芸術家であり、かつ肥料を調合したりする科学者でもあるのだという、自分自身がまず多面体になろうと思っていたのではないでしょうか。

そういった生き方の転換は、自分のいま立っている場所でやらなければだめなのです。バリ島がいいところだといって、ぼくらがいっせいにバリ島におしかけても何にもならない。

というのも、賢治という人自身、すごく東京へ行きたかった人だったのです。上の学校へ行きたい、東京へ出て自立したい、つねに自分の可能性は東京へ出たらあると思っていたふしがあります。

ところが、いろいろな事情で彼が東京で生活することができなくなったときに、東京に行くと何かがあるという考え方は、じつは極楽が西のほうにあるというのと同じであって、自分は花巻を理想のかたちにしなければいけないというふうに賢治は考えたのではないか。そういう文献はぜんぜんありませんし、賢治も書いていませんが、私はそういうふうに思っています。

われわれはいつも中央の、東京の物差しと教科書で生きています。

東大に合格する人は全国で山形県がいちばん少ないのですが、それで山形県庁はついにビリになったといって大騒ぎしています。

映画館がないとか、ブティックがないとか、給料が安いとか、そういう物差しでいくと山形県はいつまでも格下扱いでしょう。ですが、山形県には別の物差しが必要です。

景色とか風とか緑とか漬物とかの物差しを使ったら、日本でも三番ぐらいに入ると思います。それから温泉の数でいいますと、長野県と群馬県に次いで、やっぱり三番目ぐらいです。そういうふうに、ほかの物差しをもってきますと、ここは日本でもベスト5に入る県になるのです。つねに東京、大都会の物差しを使ってものを考えてしまう危険を、後半生の賢治は教科書の問題で見破っていました。

自分以外のものにいたずらにあこがれてみたり、単に対立するだけではだめなのです。ちょうど賢治が東京への思いをふっきったのと同じころに、もうひとつ大きく変わったのが、日蓮宗とお父さんへの姿勢でした。

お父さんを折伏しようとしたり、上京して日蓮宗の宣伝用の童話を必死になって書いていたころの賢治は、非常に教条主義的でした。

国柱会の教え、日蓮宗の教えるところを頭から守ろうとしていた。ところが、花巻に帰ってから、昔に書いた童話などのどこを書き直そうとしたのかというと、まさにその教条的な部分を、だったのです。

宇宙論といいますか、世界観といいますか、小さな花びらのなかにひとつの宇宙があって、その花びら自体も宇宙の一部であるという考え方があります。「全てはひとつで、ひとつは全てだ」という思想ですが、それは普遍文化と足もとの生活の関係にもおきかえられます。東京の文化や日蓮宗、エスペラント語といったみんながあこがれる普遍的なものの本質は、じつは自分の地元の花巻の地道な暮らしのなかにあった。つまりいちばん小さいものといちばん大きなものを結びつける考え方を賢治はしていくのです。

父親や花巻から逃れようとして、普遍的なものに頼りながら自分の自我を確立しようとした。それではだめだと悟って宇宙との関係、大きな世界と自分との関係をつかんだときに、「雨ニモマケズ」という詩が出てくるのです。

「雨ニモマケズ」という詩はあまりに有名になりすぎて、私もろくに読まなくなってしまっていたのですが、きょうゆっくりもう一度読んでみましたら、あれはひょっとしたら日本人のこれからの理想かもしれない。非常に謙虚に生活の欲望をあるところで抑えながら、同時に人のためになろうとする。

自然に対しても、魚に対しても、動物に対しても、生きていて申しわけない、おまえたちの命を奪って申しわけないと思いながら、あの詩の主人公は生きていた。それでもめごとがあれば止めに行くし、悲しいことがあればいっしょになって悲しむ。

これは弱虫のようにみえて、じつはものすごく強い思想なのです。

われわれはいま自分たちの欲望にまかせて有限のものをどんどん使って生きていますが、それに対して、人間の生活のもっと別のものを豊かにし、深く生きていくという、「サウイフモノニワタシハナリタイ」といって賢治は死んでしまいました。それはおそらく言い遺しではないかと思います。

賢治は命が短くてだめだったのですが、われわれとしては、その賢治が思いを残した非常に大きな理想、しかも実現可能な理想をどう引き継ぐかが課題となります。これは同時代人とか、日本人だけでない課題です。

ですから、外国人に、そういう未来の人びとに、宮沢賢治という人はますます読まれていくと思います。こういう文学者は、おそらく日本はじまって以来でしょう。

地上にユートピアを求めて

私が理解している賢治の像をずっとお話ししてきましたが、「自分が考えている賢治と、なんかちがう」といわれる方もいらっしゃるかと思います。それはあたりまえといえばあたりまえのことで、そこが賢治の賢治たるところです。

まず、作家であることはたしかです。われわれの前に作品が、厖大とはいいませんが、かなり大量の作品がおかれています。

それから、夢見る人であったこともたしかです。予言者であったこともたしかです。生き方として、聖者、あるいは聖人であったこともたしかです。

教育者としても、とても優れた人でした。

農民運動家であるというところは、ぼくが前から好きなところです。熱心な日蓮宗の信者でもありました。もっとも初期と中期と後期では、日蓮宗に対する賢治の考え方は大きく変わっています。

最初は非常に教条的な規則どおりの日蓮宗の信者だったと思いますが、途中から、いまある日蓮宗に訣別するようなかたちをとって法華経の奥へ入っていくというふうに、賢治は教団から離れたたった一人の信者みたいになっていく。そのところは非常に重要です。

結婚しない人でもありました。おそらく彼は童貞だったと思います。それが偉いという人もいれば、かわいそうな人だという意見も十分根拠があります。

また、父親のもとから離れたい離れたいと思っていたのに、結局は父親の庇護の下で死んでしまう、自立できなかった人だという見方をする人もいますが、それもそれでひとつの賢治像だと思います。

宮沢賢治のすばらしさというのは、どんな人にもどんな賢治像を描く自由も与えられて、それがどんなにちがっていてもかまわないというところではないでしょうか。ひとつの賢治像へわれわれが結論をもっていく必要は、ぜんぜんありません。

われわれ一人ずつの中にそれぞれの賢治がいて、作品を介していろいろな賢治を描くことができるし、それを他人に押しつけたりする必要もない。しかし作品というテキストがありますので賢治についていろいろ話し合うこともちろん可能であるという、たいへんに間口が広くて奥行きの深いものすごい人だ、ということが唯一の結論みたいなものです。

そうしたことを申しあげたうえで、僕は、賢治という人をあえて一言でいうとすると、ユートピアをこの世に実現しようとして、さまざまな形で努力をした人だったのではないかと思います。そのユートピア志向が、時には日蓮宗や農民運動に向かったり、東京やヨーロッパへのあこがれになったりしながら、最終的には作品という形で残っていったのではないでしょうか。

ですが、正直にいいますと、ぼくはユートピアの世界というものが大嫌いなのです。とくに制度としてユートピア国なんてのがあったら、ぼくは絶対に入る気はしません。ユートピアというのは結局、平等をめざすのですから、もしみなさんが川西《かわにし》ユートピアというところの住民になったとしたら、即日けんかになってくると思います。まず、着ているものは同じでなければいけない。人とちがったことをしてはいけない。そうじゃないユートピアもありうるかもしれませんが、しかし、あくまで平等をめざすということであれば、最初はそうなると思います。

それから貧富の格差が拡大したりしちゃったら、たとえば片方では玉子焼を食っているのにこっちではそこらへんの草を食っているなんて感じではユートピアにはなりませんから、やはり食事も同じにしておきます。

子どもが生まれますと、それは川西ユートピアが預かるというかたちになります。親許で育てると、家庭環境によっていろいろ差がついてきてしまうかもしれないからです。だんだんどこかのＳＦの国に似てくるような気がしてきます。

つまり、これは制度としてユートピアが定着すると、かならず全体主義国家になるという非常に悲しいパラドックスなのです。

ですから、ぼくは制度としてユートピアを信ずる気にはあまりなりませんし、おそらくそういうユートピアは絶対にできないと思います。

ただ、ぼくが成立可能だと思うユートピアは、空間ではなくて時間のユートピアです。たとえば、みなさんがこうやって連休の前半、うちで寝ころがっていてもいいし、家族とどこかへお出かけになってもいいし、いろいろな過ごし方があるのに、こうやって集まってくださいました。

これはじつは、ユートピアだと思うのです。大したユートピアではないかもしれませんが。

よくあることですが、たまたま友だちが集まって、時間を忘れて話に熱中することがあります。この「時間を忘れる」というのが、ぼくが考えるユートピアの最初の条件です。

みんな楽しく昔のこととか、映画のこととか、芝居のこととか、本のこととか、もちろん賢治のことでもいいのですが、ワーッとやって夢中になって話している。ところがそうして話に夢中になっていると、きまって、そのなかで一人アホなのが「おれ帰る」と言い出します。それはその人だってその場が不愉快でそう言うのではなくて、かならず時間の問題で「帰る」と言い出すのです。

たとえば、「おれ終電車まにあわないから帰る」とかね。そんな言葉が出た瞬間に、その場に現実の時間が入ってきます。

みんなが引き止めてもそいつが帰ってしまうと、もう、あの楽しい雰囲気は戻ってこないのです。なんとなくみんなの意欲だけが空回りして、だんだんシラけてきて、「じゃ、おれたちも帰るか」といって散会になる。

しかし、そうなってしまうまではほんとうに楽しい。これをぼくは、うたかたの泡のようなものかもしれませんが、「ユートピア」と呼んでいいのではないかと思います。

この場合、大事なのは時間であって、場所はどこでもかまわないのです。それは、ある人たちが「今日ここをユートピアにしよう」なんていって集まったって、絶対にだめなのです。

そうじゃなくて、なにげなく集まってワーッと「やっぱり人生もちょっと楽しいな」と思うぐらい盛り上がって、だれかアホによってそれがこわされるまでの時間がふっと出現する。そういう時間としてユートピアが成り立つことがあるのだ、とぼくは信じています。

この一九八九年の四月の末から五月の初めにかけて、このメンバーで集まったということはほとんど奇蹟に近いのです。宇宙はじまって以来の集まりなのです。このメンバーで、いまここで、この並び方で、この温度で、この外の天気で、こういうふうに集まっているということは、宇宙がどれほど長く続こうと二度と起こらない奇蹟なのです。そういうのをぼくは「ユートピア」と呼んでいます。

ぼくは芝居を一生懸命やっていますが、芝居の劇場はユートピアを成り立たせる空間なのです。いい芝居があり、お客さんが入ってこられる。そのお客さんは、その日に世界でたった一カ所、そこでしかやっていないものを見るためにお集まりになる。そして偶然に、いろいろな並び方になります。その組み合わせは、つねに奇蹟の連続です。宇宙はじまって以来のものです。それを、日本の茶道でいう「一期一会」なんて言葉でくくられたくないですね。この奇蹟を起こす装置が演劇なのです。

小説では、そういうことはあまり起こりません。東京ドームに五万人集まって宮沢賢治をいっせいに読むといっても、おもしろくもなんともないです。ときどき紙をめくる音がザーッなんてして、こっち側に賢治応援団がいて、鉦《かね》、太鼓を鳴らしているなんてのは、ぜんぜんおもしろくない。

簡単にいいますと、演劇という装置は人を集めて時間のユートピアをつくりだし、その宇宙で一回だけの集まりが毎晩できてはこわれていくというものだと思うのです。そのできてはこわれていくというところに、私は非常に生きがいを燃やしています。

それはうたかたかもしれませんが、固定された制度や国家のように、人間を圧しつぶすものに変質してしまうことはありません。

もちろん出物《だしもの》がよくないとユートピアにも何にもならなくて、つまらないただの集まりとなるのでそこがむずかしいのですが、いい芝居が上演されている劇場は全部ユートピアだと思っています。

賢治も芝居の戯曲を書いているのですが、正直にいうと、非常に不遜な言い方ですが、あまりおもしろくありません。賢治の芝居をやりたくて何回も企画はするのですが、最後はどうしても芝居としてうまく成立しないのです。

賢治は劇場に非常に興味を持っていまして、東京へ来るたびに、浅草へ行ったり歌舞伎座へ行ったりなんかして芝居を一生懸命見ていました。芝居に対して非常に興味を持っていた人であることはたしかです。ですから、賢治がもう少し生きていたら、すごくすばらしい戯曲を書いたと思いますし、あの人は当然戯曲にいく人だと勝手に思っています。

じつは、これはぼくがひそかに思っていることですが、宮沢賢治が長生きをして芝居を書くとすればこういうのを書いたのではないかなということを、ぼくはちがうかたちでこっそりやらせてもらっているつもりでいます。

賢治とぼくとでどっちが才能があるかというのはいわないほうがいいようなもので

すから、現実にできたものはちがいますが、意識としては、賢治が生きていたらこういうものを書きたかったのじゃないかと思いながら書いているのが意外に多い。

そんなのは人の褌で相撲をとっているという言い方もあるかもしれませんが、そうじゃなくて、賢治はなんか仕事をし残しているのじゃないかという気持なのです。

実際には、賢治は突然死じゃなく、ほとんど自殺に近いかたちで死んでいますから、彼自身としては自分の仕事は完結しているのでしょう。それはそれでいいのですが、賢治のユートピア志向や羅須地人協会などの活動の展開を考えていますと、あの人はかなり淋しい人だったのだと思います。

彼が農民を集めて講義をしたり、弦楽四重奏団をつくろうとしたり、芝居をやろうとしたというのは、やるもの自体より、人が集まってきて、そこにできてくるなんともいえない「おまえも人か、おれも人だ」というような確認からはじまる、人だけがつくりあえる理想の時間に非常にあこがれていたのではないか、という気がします。賢治は、自分の立っている花巻の地で、理想や現実と闘いながら、必死にユートピアをつくり出そうとしました。ぼくは、その志を継ごうとしているだけです。

日本の、とくに東京の演劇の世界では、エジンバラの演劇祭に行ったから偉い、とかいう人がいま現にいます。世界のナントカという演出家もいます。ですが、「それがなんぼのもんじゃ」という気がするのです。

彼らのいう「世界」はほとんど欧米のことにしかすぎませんし、欧米の物差しでちょっと上に評価されたからのぼせるというのは、あまり立派な姿勢とはいえないと思います。なぜ、自分の足元の物差しを信じられないのでしょうか。バリ島の人びとは、ヨーロッパの人に評価されようと思ってダンスをしていたわけじゃありません。

日本の人びとがほんとうに感動してくれる芝居は、おそらくどこへ持って行っても感動されるのです。ロンドンでやったとか、エジンバラへ行ってきたとか、フランスのナンテールの演劇祭に参加したとかで、勲章のつけっこをするより、いま自分のいるここにユートピアの時間をつくり出すことのほうが、演劇人としても、人間としても、大事なことではないでしょうか。

時間としてのユートピアは、やがて崩れます。きょうの午後、この特別の時間はなくなってしまいますが、それは皆さんの心のなかのどこかにカケラとなって忍びこんで、それぞれの毎日の生活のなかで、きっと別のまた小さな〝ユートピア時間〟をつくり出すことになるのではないでしょうか。そういうふうに期待もしますし、そうあってほしいと願ってもいます。

「ですし、なんとかでもあるわけです」というのは賢治の特徴的な言い方で、ぼくはよくマネしていますが、うまくいきません。「ということで、私の申しあげることはもうそれでおしまいです」という、これも賢治の言い方でお話を終えたいと思います。どうも、ありがとうございました。

（講演・原題「なぜいま宮沢賢治か」――〈第二回遅筆堂文庫・生活者大学校宮沢賢治・農民ユートピア講座〉一九八九年五月三日、遅筆堂文庫（山形県川西町）、主催・こまつ座）

3

戦争責任ということ

――丸山眞男に私淑して――

「一億総懺悔」と「御聖断」

井上でございます。丸山先生と私の特別な関係は何もありません(笑)。私が読者で丸山先生が著者という関係です。それから、一度もお目にかかったことがございません。講演を拝聴しに伺ったことはあります。ですから、遠い距離で丸山先生のお顔をズーッと一時間半ぐらい見ていた。そういう関係ですね。近い距離でじかにお話を伺ったこともありません。奥様には一度、電話でお話ししたことがありますが、それきりですから、もう完全に読者としての私ということになります。

私が丸山先生の文章を読んで、「そうだったのか」と思いましたのは、敗戦後間もなく、東久邇宮《ひがしくにのみや》(稔彦《なるひこ》王)(1)という首相が「一億総懺悔」(2)という記者会見をして、これがラジオで放送になりました。私も聞いていたんですけれども、「一億の日本人は全部総懺悔しなければいけない。天皇陛下に対して、力が及ばなかったことをみんなで懺悔しなければいけない」という一億総懺悔論というのが、一時流行《はや》りました。一方では、東京裁判が始まりまして、その判決もやがて出て(一九四八年十一月十二日)、今度は、「一握りの戦争指導者層がいて、その人たちが悪かった」ということになりました。他の人はみんな白であるという「黒白論」が出てきたわけですね。「みんなが悪いのか」、「それとも一部の人たちが悪いのか」ということで、学生だった私も非常に悩みました。あるとき、たまたま丸山先生の論文を読みまして、たしか一九五六年三月号の岩波書店の『思想』という雑誌だったと思いますが、それを読んでおりましたら、目からウロコが落ちたわけですね。

その論は、「一億総懺悔論」をイデオロギー的にみんな拒否するけれども、あれは、ひょっとしてもう一度検討する必要があるのではないかということでした。これは「戦争責任論の盲点」〔元「思想の言葉」で無題。『丸山眞男集』岩波書店、第六巻所載。『戦中と戦後の間』(一九七六)所収のさいに現題を付す〕という有名な論文ですね、みなさんご存知だと思います。乱暴に要約しますと、一方で天皇に大責任があると同時に、反ファシズム戦線を戦い抜けなかった共産党もまた、大局的な責任があるんじゃないかという、共産党がものすごく怒った論文です。戦争中に牢屋に入ってじっとしていて、戦争が終わって出てきて、大きな顔をしてはいけないんじゃないか、そういう大変な論文です。この論文を中心にお話をしたいと思います。

丸山ファンになった第一の理由は、まず、私たちが子供のころ見た風景で、よくわからなかったことが、丸山先生のお書きになったものを読むと、実に、「そうだったのか！」とよくわかるということです。

たとえばその黒白論でいきますと、「悪いのはA級戦犯であって、あるいはBC級の方もだいぶ亡くなりますが——そういう悪い人たちがいて国民はみんなその被害者で大変つらい目に遭った」ということになります。まだ高校生ですから、そんな感じでいたんですが、丸山先生はこうおっしゃっています。

つまり、これは別の論文「軍国支配者の精神形態」『丸山眞男集』第四巻」ですけれども、たとえば、天皇ないしは宮廷派が、アメリカとの関係で、「中国との戦争をやめたい」というと、陸軍省は、「いま、百五十万の日本の兵隊が中国大陸にいて、その人たちが納得すまい」と。で、中国大陸の司令官にその話を、つまり、「中国から撤兵したい」ということをいうと、「いや、ここで汗を流し血を流した在郷軍人、——つまり、ここで戦って郷里へ帰って、郷里のそれぞれの町や村には彼らが中心になって在郷軍人会というのがあるのですが、——その人たちが、黙っていないだろう」ということになる。で、この在郷軍人会に話をもっていくと、「いや、俺たちはともかく、中国大陸で亡くなった自分たちの戦友に申し開きができない。その人たちの命と引き換えに中国をいま押さえているのだ」という論理になってくる。そうしてくると、最後は死者、もう亡くなった人ですから、生きてる人たち――亡くなった人をすごく悪く利用する場合もありますけれど――に、死んだ人に申しわけがないといわれると、そこから話が進まなくなってしまうのです。

そういうふうに、次々に責任を、あの人たちに申しわけない。その人のところに行くと、この人たちに申しわけない。そこへ行くと今度は、死んだ人に申しわけがない。死んだ人のところへ行くわけにいかないわけですね。それで、結局、責任がどこかへいなくなってしまうという論文を読んだときには、とてもよく納得できました。

それから、実は、「いちばん戦争に夢中になっていたのは、それぞれの町や村の有力者たちではなかったか」という説もそうです。在郷軍人会を中心とする町や村の有力者。在郷軍人はもう戦争に行かなくてすむわけですが、本当にいばってるわけですね。僕はそれを小さなときの体験としてはっきり覚えています。肩で風を切って田舎の町を歩いている。そのまわりに神社の神主さんとか、お寺のお坊様とか、町内のちょっと大きな商店のご主人とか、町の有力者たちが大変戦争に熱中していたのではないかという、また別の論文[「日本ファシズムの思想と運動」『丸山眞男集』第三巻]を――これもまた有名な論文を読んで、だんだんと小さい頃のよくわからなかったことが解明されていくわけです。

丸山先生の本や論文を読みますと、「何だったんだろう、あの光景は」というのが、すべてきれいに整理されていきます。丸山先生の文章を通して、小さい頃のわけのわからなかった意味が、混沌とした謎の世界が、きれいにわかってくる。その快感がつまり、ものを考える、ものを見るということで、世界の骨組を見せてもらうことができました。学者というのは世界の骨組をつかみ出して、「いまこういう骨組で世の中は成り立っています、そして病気はここです」「いいところはここです」とつかみ出すのが、特に政治学者の仕事である、そういうことが、丸山先生のお書きになったものを読みながら、だんだんとおぼろげながらも掴めていく。そして、一人の熱心な読者になって現在にいたるというのが私の一方的な丸山先生との関係です。ですから「私淑して」と演題をつけさせていただきました。

それで、今日は、丸山先生のいろいろな論文を手引きにしながら、戦争責任の問題を皆さんと一緒に考えたいと思います。

その前に忘れるといけませんので、丸山先生のお書きになったものの特徴をいくつかお話しします。常に常識的な枠組を壊す人ですね。ある見方でみんながそれはたしかにそうだと思って見ていると、ちょっと違った角度から、新しい枠組を作り出す、見方を作り出す人です。勉強とか、才能によって、人と違う角度が出てくるのは、皆さんご存知の通りです。

それから、政治的イデオロギーで物事を絶対に論じない。これは人によっては異論がおありと思いますが、僕は、健全な文明論であり、健全な文明批評だと思います。イデオロギーではなくて、自分が勉強したなかのいちばんたしかな部分をもとに、そこから文明を、あるいは日本の、日本人の精神文化を考えていく。それが基本になっている。

それから、道学者的な言説は絶対ふりまかない。丸山先生の論文、本を何度も読めるのは、やっぱり、こうすべきであるとかいうクサミがないんですね。

『丸山眞男座談』(岩波書店)の第一冊の最初の座談会(「学生の表情」『文藝春秋』一九四六年十月号)、木村健康《たけやす》(3)先生と丸山先生が編集部からインタビューされている座談があります。

近頃の学生は——大学生、まあ、東大生ですね。戦争帰りで全然古典の勉強も何もしていない。だいぶ学力が戦前と比べると落ちているんじゃないかと編集部が心配して、この二人の先生に、質問を呈しますと、丸山先生はこうおっしゃっています。たしかに戦争へ行って、また東大に戻ってくるわけですね。その間、勉強はもちろんできませんので、読むべき古典も読んでいない。そういう面では大変遅れているけれども、しかし、彼らには実体験がある。いままでの学問の弱点は実体験のない人が書斎でズーッと紡ぎ出していったところに病気が認められる。ですから、彼らに期待しましょうよ、という大変やさしい座談が載っています。

丸山先生の魅力はその辺ですね。決して、道学者みたいに「こうすべき」というのではなく、絶えず現実というのがあって、そこに学問をどういうふうに溶けこませていくかという、そういうやさしさがある。文章が難しいとか、なんか寄りつきにくいとかいう方もたくさんいらっしゃいますが、僕にとってはそうではないですね。非常にやさしい人です。やさしいといっても文章が易しいというのではなくて、やさしい態度を持った、しかし厳しいことを書く学者、というのが私の印象です。

天下に三つの会談記録

さて、「まず最初に戻りなさい」というのが、今日の会(第二回「復初」の集い)の趣旨で、これは丸山先生の論文の題を取っているのですね。とにかく「物事に迷ったら、最初に戻りましょう」というのもまた、丸山学の基本の一つです。それで、僕は、八月十五日よりも、もうちょっと前へ戻りたい。特に、今日の新聞を見ていますと、「戦争を終わらせたのは昭和天皇の御聖断」というように書いてある新聞もたくさんあります。ご存知のように、丸山先生は「昭和天皇に戦争責任がある」と、一九五六(昭和三十一)年の段階ではっきりおっしゃっています。ですから、丸山先生が天皇についてどうお考えになっていたかというのは、もう説明をする必要もないと思いますが——いずれにせよ、その御聖断というものを考えてみたいと思って、丸山先生のお考えを引きながらお話しします。

町田市に、ある有名な古書店があります。ここは、昭和史と戦後史の本を、一生懸命集めて目録で商売をしていらっしゃる。その古本屋さんが今年の正月に、新しく目録(『戦塵冊——昭和史に関する目録——』第十二集)を作ったんです。それを読んでいるうちに、二つ手に入れたいものがあったんです。

一つは箱根会談[4]といいまして、お化けが出てくるわけじゃなくて(笑)、ご存知かどうか、一九四五(昭和二十)年の頃は、東京にいろいろな国の大使館が、特にイタリア、ドイツは枢軸国で同盟国ですから大使館はもちろんありますし、それから、ソ連は中立条約が翌年の一九四六(昭和二十一)年四月三十日まで有効ですから、これも一応敵国ではありませんので、そういう、日本にわりと近い、親しい大使館の家族が全員箱根に疎開するわけです。もちろん東京に大使館はありますけれども、大使館の主力がすべて箱根に、たしか、イタリアとドイツは富士屋ホテルに同居です。ソ連大使館はマリク[5]大使以下全部、強羅ホテルへ疎開します。

私は芝居を書いていますので、この強羅ホテルを調べて、山の中にある有名ホテルにソ連大使館がそっくり疎開してくる。日本側はどうしたのだろう。おそらく、そこのコックさんとか、厨房の人たちとか、ウエーターとか、ウエートレスとかが、全員日本側のスパイだったんじゃないかなと思ったんです。そうですね、たとえば陸軍省の食堂のコックのおじさんが強羅ホテルの主任コックになっていくとかですね。まぁ、ここは詳しくお話ししても、皆さんまじめな方ばかりですから(笑)、面白くないと思います。

当時、日本は四つの和平ルートを持っていました。そのなかの一つ、日本側が非常に有力だと思ったのが、ソ連を通した和平です。しかし、陸軍省はこれらの和平ルートを全部潰しにかかりました。日本の宮廷派とか、和平派がこっそりソ連大使館に近づいて、ソ連を通しての和平を持ち出すのではないかと、陸軍省は警戒したと思うんですね。ですから、厨房は陸軍省のスパイが全員コックさんのまねをして働いている。そうはさせじと、今度は海軍とか宮廷派がフロントを全部固めている(笑)。そこにソ連の大使館員がいて、そこで、なんかもう、すごい大スパイ・ドタバタ合戦が行われるという芝居を書きたいと思ったわけです(笑)。

この広田弘毅《こうき》(6)元首相とマリク大使の箱根会談の記録が一部だけ残っているんですね。外務省外交史料館にありまして、それは外務省用箋の薄い紙にタイプでビッシリと、途中から手書きになりますけれど、実はこれは日本に二部あるといわれていたんです。これには外務省が関わっていますから、外務省が土台をこしらえてマリクさんと広田弘毅さんを会談させるわけです。それで、その報告をしなきゃいけないわけです。一人の参事官と、一人の事務官が担当していました。

そのうちの一人、野口事務官がその会談の様子を逐一書いて、東郷茂徳(7)外務大臣へ報告する。そういう秘密の報告書があったのです。この存在は一部の人に知られていて、これは当時、四部写しが取られているのですが、現在残っている一部が外務省外交史料館にあるというのを、僕も突きとめたんです。それで、見せてくれといったら、「見せられない」というので、「理由は」と聞いたら、「なくなるから」(笑)というひどい答えが返ってきて、こっちは多少あきらめていたところに、さきほどの目録にそれが載っていたんです。値段は十万円でした。ペラペラの外務省の用箋で、九十六頁です。

一方その隣に、「東京裁判関係資料」という段ボールで十三箱分の資料が出ていたんです。これは東郷茂徳さん、A級戦犯になって東京裁判の被告になりますが、この人の日本側の特別弁護人で西春彦(8)さんという人のところへ、他の被告や検察官のいろいろな法廷の資料が集まってくるわけです。それを全部保存なさっていたわけです。西さんがお亡くなりになって、ご遺族の人にとってはそれはただの紙くずですから、それを古本屋さんが仕入れたのでしょうね。それが売りに出てたわけです。こっちはもう、ウン百万円というすごいやつです。

僕は東京裁判も興味がありますから、両方売ってくださいと電話を入れたら、「残念、二つともたったいま、売れたばかりです」「某国立大学へ納めることになりました」と。「いやーっ、三十分早ければ」というので、ここからはよく使う手ですけれど、どっちを狙うかなんです。この古本屋さんのご主人というのはすごい熱血漢で、ものすごい感激家なんです。それをよく知っているものですから、どっちか手に入れるとしたら、どっちだろう。そうすると、九十六頁の用箋の「箱根会談記録」は写せるわけです。もう一方の段ボール十三箱は写せませんから、これはもう、「箱根会談記録」を写すしかない。自慢話をしているんじゃなくて、古本屋さんとの駆引きです(笑)。丸山先生が東大にいたら、そういうものを買い付けていたと思いますけれど、この場合は、某国立大学と戦うことになったわけです、古本をめぐって。

某国立大学は払いが悪いんですよ。年度末にしか払わないものですから(笑)、そこも付け目で、こっちは即金で払いますから。古本屋さんはたくさんお金を出して古本を買って、寝かせてあるわけですから、早く現金で回収したいわけです。とにかく「いつ納品するんですか」と聞いたら、「来週の月曜日です」というので、ここにメモがありますけれど、今年の「一月二十日の午前九時に町田の倉庫へ行った」わけです。

とにかく、西さんの「東京裁判関係資料」はとても手が届かないし、写せないんですけれど、「箱根会談記録」だけなら……。「自分はいま、こういう芝居を準備しているので、こちらだけは読ませてほしい」といったら、この日は雪が降っていて、それをはるばる行ったもんですから、ご主人が感動しちゃって、「じゃあ、これは写してくださってかまいません」ってんで、僕は午前九時から写していました。

その倉庫は寒いんです。ご主人はお茶を持ってきてくれたり、ストーブを点《つ》けてくれたり、いろいろしてくれるんです。こっちはとにかく芝居がかるようにして、一生懸命写しました。で、それをここに持ってきました。これなんです。ここが付け目なんですが、ご主人は感動しちゃって(笑)、「どっちかを譲りましょうか」とおっしゃってくださいました。今度は、僕が感動して「某国立大学にはどういうんですか」と聞くと、「いや、いろいろ口実はありますから何とかしますよ」というので、僕はこれを写して、それで、「東京裁判関係資料」を買ったわけです(笑)。

さて、「箱根会談記録」の写しのうち、一つはさっきもいった通り外務省外交史料館にあります。それから、もう一つは某国立大学に行っています。こちらはどうぞ某国立大学に売ってくださいといいましたから。写しは僕が持っているので、天下に三つしかないんですけれどね(笑)。四部しか取らなかったという写しのうち、いま二つあるわけですから、あと二つ、どこかで眠っていると思いますけれど、なくなったかもしれません。ですからこれは、わりかし貴重な資料になると思います。

これが丸山先生とどういう関係があるかどうかわかりませんが、つまり、私がいいたいのは、指導者層の情報量のなさですね。それから、情報を集めようとしない、その怠慢さ。そういうことが結局、国民を追いつめていくということを、これは、丸山先生もあちこちでお書きになっています。まず判断するにはできるだけ情報を集めなければいけない。偏った情報ではもちろんいけなくて、できることなら敵の情報をたくさん集めて、それを分析して活かしていくのが外交です。もう一つ、相手に、相手の国に、「ノー」をいわせるような外交をやる外交官は落第であるということをどこかでお書きになっているか、お話しになっておられますが、それとも関係しています。

一九四五年五月、箱根

一九四五年の五月の末、この頃の状況は、もうヨーロッパ戦線は終わっています(五月七日、ドイツ軍無条件降伏)。ポツダム会談がやがて開かれます(七月十七日〜八月二日)。二月のヤルタ会談でイギリスとアメリカとソ連はすでに、ヨーロッパ戦線が終わったら、九十日以内にソ連が日本に参戦することを決めていました。有効期限が五年間(一九四六年四月)の日ソ中立条約を四年目で破って満州へ攻め込む。ソ連はもちろん条約違反ですが、今度は連合国側の一員としてみれば、これは連合国側の作戦の一部ということになる。こうなってくると、どこが悪くてどこがいいとかいうのはいえなくなります。しかし、日本側からいえば、完全な条約違反です。ところが、日本はそれがわからないんですね。外務省出身で大変なソ連通の広田弘毅ほどの人にもわからない。そしてソ連を通した和平に乗り出してくるのです。五月三十一日に宮廷派を中心にした工作が始まりました。

箱根強羅ホテルには、さっきもいいましたように、ソ連の大使館が疎開しています。「箱根会談記録」(以下、「報告書」という)によれば、当時の「大使館員は百二十四名」、日本人の職員と、それからソ連の外交官をすべて入れて。コックなんかももちろん、ソ連から来ていますし、それを入れて合計百二十四名、それに家族の方がいらっしゃるわけです。大使館に居残ったのが四十四名です。「日本本土決戦」になれば、東京はメチャクチャになるというより、もう大空襲を受けているんです。このままいけば激しい戦場になることがわかっていますから、日本政府が同盟国や中立国の大使館の家族とか大事な人たちを箱根とか軽井沢とか場所を提供して移ってもらったわけです。東京の大使館に四十四名残って、強羅には八十名の大使館員がいるという設定をちょっとのみこんでいただきたいんです。のみこんでどうするかというと、あまり責任はもてませんけれども(笑)。

それで、五月三十一日に広田弘毅が強羅に入ってきます。広田弘毅はその頃、藤沢の鵠沼《くげぬま》にいました。強羅ホテルの隣は星製薬という有名な製薬会社の別荘で、強羅ホテルと庭続きなんです。そして、広田弘毅さんは星製薬の社長さん――作家の星新一さんのお父さん(星一《はじめ》)――と昵懇《じっこん》なんです。そこで、外務省が考えたのは、散歩中に迷ったふりをしてソ連大使館の、つまり、強羅ホテルの庭に入っていって、それでマリクさんと偶然会ったふうにして和平交渉を進めようという、まぁ、これはなんか、大衆小説の読みすぎという感じですけれど(笑)。

箱根には外務省の箱根事務所というのがありました。疎開した大使館の面倒をみるために特別に配給を増やすとか牛肉とか牛乳を届ける外務省の出張所です。そこの所長を外務省の参事官に代えてしまうんですね。それから、「小田原警察署長を訪問」以下、細々としたことが報告書に全部書いてあるんです。外務省側は野口事務官という人が責任者で、広田さんが道に迷ったふりをして庭から庭へ迷い込む前に、向こうの館員――ティフォニアという、ソ連のどこかの少数民族出身の館員のようですが――との間で、迷い込みますよ、ということを準備しておかなくてはいけないんですね。

六月、四回の会談

そういう準備があって、「六月三日、広田弘毅散歩の途中に寄るという形で訪問」というふうにして、最初の会談が始まります。会談は全部で四回行われましたが、一回目は夕方の五時十五分から七時までです。

マリクさんがまず、

「空襲で大変でしたね。ご家族は大丈夫でしたか」

広田弘毅さんの東京の家が空襲で焼けています。それで鵠沼の別荘へ移ってきているわけですね。これに対して、広田さんが、

「ありがとう」

なんか、こんな細かいことを皆さんに報告していてもいいんでしょうか。

「このホテルも、空襲でホテルの一部が焼けたそうですが、大丈夫ですか」

というふうに広田さんがマリク大使に聞きます。マリク大使は、

「大丈夫。戦時にはよくあることです」

と答えます。ロシア語が堪能な野口事務官が通訳をしていますが、広田さんもロシア語ができますから、よくわかっていたようです。そのあと広田さんが、

「日本・ソ連両国が戦いをしていないのはよかった」

というんです。まぁ、あいさつでしょうね。マリクさんが、

「同感です」

と答えると、広田さんが、

「ソ連はよく頑張りましたね」

もうナチス・ドイツはなくなってヨーロッパ戦線は終わりましたから。マリクさんが、

「いま、本国から『スターリングラードの防衛』[9]、『スターリングラードの復興』という二つのドキュメンタリーフィルムが届いた。祖国の復興ぶりはすばらしい」

広田さんは、

「日本人はみんなロシアとの提携論者です」

日本人はみんなロシアと一緒にやって行きたいという論の持ち主たちばかりだというのです。「ウソつけっ」て感じですが、まぁ、これは、しょうがない。外交辞令というのは、このとおりですよね。

続けて広田さんが、

「伊藤博文公も提携論者で、私、広田弘毅はその後継者だと思っています」

そうすると、マリクさんが、

「伊藤博文公がロシアを訪問中、ハルビンで倒れたのは残念です」

なんかこれ、探り合いをやっているわけです(笑)。マリクの方は、モスクワからの訓令で、日本にソ連軍が攻め込むのを、もう知っているわけですよ。このへんが読んでいてつらくなるところです。それで、広田さんが、去年、つまり一九四四(昭和十九)年に特派使節としてソ連を訪問する予定だったのがいろいろな事情で行くことができなかった——いろいろな事情ってのは陸軍の横やりですが、そういうことは何も話してないんです。

「今日はちょっと隣へ越してきたごあいさつ……」

というようなことを広田さんがいうと、

「じゃ、さようなら」

広田さんが立ち去り際に、

「次はいつお会いできますでしょうか」

というと、マリクさんが、

「明日午後六時、どうですか。私も日本生活六年目で日本食に大変慣れましたので、強羅ホテルの日本間ですき焼きを差し上げましょう」

そうすると、広田さんが、

「すき焼きというのは何年ぶりでしょう」

なんていって、別れるんですが(笑)、会談には参事官と事務官の二人がいつもズーッと同席して、向こう側にも日本語が達者なアドリグファーエフという外交官がついています。


次の日、強羅ホテルの日本間で午後六時から一時間半食事をします。そして夜の十一時ごろまで話をするうちに、やっと本音が出てきます。広田さんが、

「日ソ関係を大いに改善したい。ソ連がサンフランシスコ会議(10)でインド独立を主張されたということは大変すばらしい。日本はアジアを独立させようという動機で大東

亜戦争を起こした。それをソ連がよく理解して、インドの独立を主張してくださったことは大変うれしい。いま一人で日本が戦っているのはアジアの解放のためである」なんかこれ、最近どっかで聞いたような話ですね(笑)。

マリクさんは、

「それは、あなた一人の考えですか」

と聞き返すんです。このへん、鋭いです。でも、鋭いといっても、向こうはひどいです。もういい加減に猫でもじゃらしているような感じで、日本人としてある種不愉快になる瞬間もあります。広田さん個人の意見ですか、と聞き返すと、広田さんは、

「いや、これは日本政府と全国民の意見です。これは解放戦争です」

と答えるわけです。そうすると、マリク大使が、

「その点について、私も研究したいので、少し時間をください」

そうすると広田さんは、

「私は命がけです」

ここで雑談。すき焼きが終わったんですね。その後、かなり厳しい意見がマリクさんから出てきます。

「日本人はどうしてドイツにあんなに入れ込んだのですか。『わが闘争』(11)を読んでも

わかるじゃありませんか。ヒトラーは日本人を軽蔑していますよ」

つまり、ここで、三国同盟が問題になってくるわけです。あの三国同盟の締結こそは、日本の運命をさらに追い込んでいった大事件だったというのは、もう皆さん、よくご存知のところで、ソ連はそこにこだわっています。一九三六(昭和十一)年の日独防共協定から三国防共協定へと、だんだん日独伊三国の仲が良くなっていって、一九四〇(昭和十五)年に三国同盟を結んで日本とドイツが組んだことに、第二次世界大戦の原因があるんじゃないですか、とマリク大使はいっているわけです。

そこで、広田さんは、

「第二次近衛内閣の外相に松岡洋右《ようすけ》(12)が入ったのは大間違いだった」

松岡洋右さんが悪者になるわけです。ここで、マリクさんは突然話を打ち切ります。「満州にウクライナ名物のひまわりを植えたらどうですか」なんていう話を始める(笑)。マリク大使はウクライナ生まれなんです。それで、満州にひまわりを植えなさいとかいう話になったのでしょう。また、箱根で山羊を飼いたいとか、私は日本料理が大好きだから、海も近いし、箱根出張所に魚をたくさん入れてくれるように広田さんからいってくれませんかとか、いうんです。

これで、第二次会談が終わります。だんだんと広田さんも日本の要求を出してくるわけです。

第三次会談は六月二十四日です。第一次、第二次会談が二日続けてあって、それから第三次会談まで三週間近く間があって、また広田弘毅は道に迷って、隣の庭から入ってきて会談を始めます。

マリクさんは、

「具体的な提案があれば、モスクワ政府に伝えます。でも、あなたの話はいつもよくわからない。一体、日本はどういう条件で何をしたいというんですか」

これは、調べてみると、マリク大使とモスクワとのやりとりで、スターリン(13)がさらに何かを考え出している瞬間なんですね。日本の提示する条件によっては、それがソ連側にとって有利であれば、局面を変えたいという動きがモスクワに出てきているのは、たしかです。だからマリクさんは具体的に提案をしてください、というんです。

「私は日本に六年間いますが、日本人はいつも何か、あっちの話こっちの話をして、何のために訪ねてきたのか、よくわからない」

そうすると、広田さんは、

「満州国の将来について考えたい」

つまりこれは、満州国をソ連に渡してもいいということです。

「もう少し具体的にいってください」

とマリクさんが突っ込みます。そうすると、広田さんは、

「ソ連と日本で仲良くアジアを経営していきたい」

これは、アジアを解放するという前回の発言とちょっと違います。マリクさんはそれを突きます。

「それは第二回目の会談の話と違うんじゃないですか」

というと、広田さんは、

「いや、日本には〝磯のあわびの片思い〟ということわざがあります」

つまり、察してくださいということですね(笑)。そうすると、マリクさんは、

「ソ連には〝男が恋の告白をせぬかぎり、年頃の娘は相手の愛の深さを測り得ず〟という古いことわざがあります」

こんな長いのに、なんでことわざなのか、よくわかりません(笑)。お互いに禅問答になっちゃって、「察してください」。でも、ソ連側からいうと、「はっきりいわないとわからない」ということで、広田さんはさらに一歩踏み込みます。

「日本はアメリカ軍を本土に引き寄せて撃滅するつもりだ」

続けて、

「日本には必ず上陸したときに敵方に変事が起こるという奇跡があって」

と、鎌倉時代の元寇のときのことを一生懸命広田さんは説明するんです。そうすると、途中からマリクさんが、

「それはよく知っています。歴史は繰り返すでしょうか」

と答える(笑)。それで、広田さんはさらに、

「日本の海軍力とソ連の陸軍力を一体化すれば、世界最強である。日本も海軍と陸軍が非常に仲が悪いので、これを国防省に一つにして、陸・海の対立をなくすつもりである」

いまのアメリカのいい方でいえば、「日ソ両国が共同して世界の警察官になろうじゃありませんか」と提案するんです。

それで、報告書には、「この日は広田元首相、興奮の態にて退出」ということを書いてあります。つまり、ついに日本側は本音を吐いたわけですね。

第四次会談は次の日です。昨日の話を受けて広田さんが、

「日ソ間にもっと強固な永続的な親善関係を樹立したい。そして、東亜の恒久的平

和維持にお互いに協力しあおうではないか。そのために協定をしたい」

つまり、中立条約ではちょっと心もとない、もうちょっと強力な協定を結びたいというのが日本側の提案です。和平交渉のはずなんですけれど、話がちょっと違ってきました。私はこれを書き写してから、疑問になって、ここに大きく「?」マークを書いてあります。

マリクさんは、

「東亜とは一体何ですか」

そうすると、

「支那、満州、南方諸島。シベリアを入れてもいいですよ」

と広田さんは答えます。日本側の本音はだんだん露骨になっていきます。

「石油の供給を受けたい。その代わりに、日本がもっている漁業権を、全部ソ連にお任せしたい」

いろいろな条件を出します。これも譲ります、あれも譲ります、

「満州国を中立化して、やがてソ連と日本の共同管理にしましょう」

マリクさんは、

「モスクワへそのことをできるだけ早く伝えます」

すか」

と約束します。そして、広田さんが、

「アメリカがソ連に武器を貸しているという報道がありますけれど、これは本当で

と聞くんですね。そうすると、マリクさんがいきなり、

「箱根は湿気が多いので、東京へちょっと帰ろうと思う」

といい出しました。この瞬間からマリクさんは持病の脚気を理由に徹底的に逃げ回るんです。庭を迷って行っても、「マリク大使はいま東京の大使館に出ています」大使館に行くと、「箱根に帰りました」といわれて、つかまらないのです。ここで、本当は、日本側は、何かを察しなければいけなかった。日本側の条件を出したとたんに、なぜ急にマリク大使が逃げ回るようになったのかということを。

参事官と事務官の二人もマリク大使を徹底的に追いかけるんですが、いつも面会謝絶。「病気でちょっと人にお目にかかれない」とかいって、どうしても会えない。そして、七月十五日に、モスクワの佐藤尚武駐ソ大使から、(14) ソ連政府と交渉しても無理だから、もう止めたほうがいいんじゃないかという電報が入ってくるわけです。それで日本側は、ようやく和平交渉をあきらめました。

私がここで痛感するのは、これで和平交渉をやっているつもりなのかということで

す。これが箱根会談だとすると、広田弘毅元首相――重臣で、外務省のボスといってもいいような存在の人が、この程度の情報しかなくて、いい加減にからかわれているわけです。他方、ソ連の態度にも大変怒りを感じます。けれども、日本側も決して百パーセント、ソ連に対して害をなしていなかったかというと、皆さんご存知のように、日本側が優勢だったら、ソ連に攻めて行った可能性もあります。満州国へ入植する満蒙開拓団[15]の人たちはみんな国境へ配置されて、いったん緩急あれば、黒龍江を越えてシベリアへ入って行くという準備もしていました。

ですから、どっちがいいとか悪いとかではなくて、こういう外交の瀬戸際に、この程度の情報で、しかも相手からすき焼きをご馳走になって(笑)、そして、さんざんからかわれている様子を見ていると、丸山先生が再三おっしゃるように、これが戦争の指導者たちなのか、つくづく恐ろしく思います。

丸山先生は、指導者たちの情けなさ、無責任さを、至るところでお書きになっていますから、説明の必要はないと思います。こういう人たちに指導されて、そのために戦争に出かけて行って、戦死させられた多くの若者がいる。これはこの間『朝日新聞』[二〇〇一年八月九日付夕刊]に特攻隊を例に出して書きました。

強いられた死、幻想の回路

神風特別攻撃隊、あれは皆さんご存知だと思いますが、最初は横須賀の基地で、挑発攻撃というのを研究していたわけです。つまり、挑発というのは、爆弾を抱いた戦闘機、ゼロ戦が海面すれすれに敵艦に近づいていく。それで、二〇〇メートル手前のところで爆弾をいったん水面にジャンプさせる。水切りの要領で、ものすごい勢いでバーンと爆弾を投げ出すと、海面でいったん跳ねるわけです。跳ねた爆弾が、航空母艦のいちばん弱いところへ、船橋のあたりに当たるような訓練をたくさんしているわけです。ところが、爆弾を落としてから、そのまま行くと飛行機もぶつかってしまいますから、右か左に急に旋回する訓練をしているうちに、——すごく難しいようです。石を投げるとうまくいきますけど、五〇〇キログラムの爆弾ですから、なかなかうまくいかない——飛行機と一緒に突っ込んだらどうだろうということを言い出した人がいて、これがフィリピンのレイテ湾の攻撃[16]に採用される。

アメリカの場合は、作戦の前に参謀たちが集まって、数字の上だけでも、とにかく生還率が五〇パーセントを超さないと、その作戦は採用しないという厳重なルールがあるのです。三〇パーセントしか生還率が見込めないけれど、作戦の立て方あるいは表現の仕方で、六〇パーセントあるからやろうというようなことはたしかにあったかもしれませんが、建前としては、「半分以上の兵隊が帰ってこない限りは、その作戦はやるべきではない」という不文律があるのです。

ところが、日本の場合は、生還率一〇パーセントなんですね。「九死に一生」というのはまさにそのことです。百人の兵力を投じて十人生還すれば、その作戦は採用していいということなんです。ですから、決して、人の命を大事にしてなどいない――大事にしていたら戦争はできないわけですけれども、一銭五厘の召集令状ひとつで若者をかき集めて、その人たちに「死ね」という命令をした人たちがいました。今度は、死んだ若い人たちがもう何もいえないことをいいことに、その人たちを勝手に選別して、勝手に神様にして、そして、天皇のために忠死した者はすべて神様になるという幻想の回路を作った。さらにまた次の若い人たちをその回路にはめ込んで死にに行かせる。僕は、こういう構造は、頽廃し切っていると思います。

東京裁判をどう見るか

しかも、たとえば、東京裁判にしてもそうですけれど、「新しい歴史教科書をつくる会」の方々は「東京裁判は間違いだ、勝者が敗者を裁いたんだ」といっています。あの「極東裁判史観」を日本人はどうしてそんなに、拳拳服膺《けんけんふくよう》するのかというのが、大体の主調音です。たしかに、あの東京裁判はインチキ裁判ですね。ところが、東京裁判はインチキ裁判だったという場合の立場は、極端に二つになるんですね。つまり、あの戦争が正しい戦争――民族解放戦争とか、敵から攻め込まれたのを水際で防いだ人たち、すなわち、頼まれもしないのに人の国へ鉄砲担いでどんどん土足で入っていった戦争を肯定する立場か。

それから、あの裁判は、裁判として本当にきちっとした形式をもっていたのか。いろいろな角度から検討しないといけません。丸山先生があちこちでお書きになっていることを僕なりに集めていくと、結局、こういうことになります。

つまり、あの裁判は、いちばん日本にひどい目に遭った、日本から痛めつけられた、あるいは、侵略されて植民地にされていた朝鮮半島の出身の検察官、判事が一人もいなかった。本当は日本にいちばん文句をいいたい、日本にいちばんひどい目に遭った国の検察官と判事が入っていなかった。また、中華民国、フィリピン、インド、オーストラリア四国の検察官と判事は入っていますが、たとえば、強制労働で大変な目に遭ったインドネシアの検察官もいない、判事もいない。それから、ビルマ、マレー、当時のいい方でいうと仏印(フランス領インドシナ、現在のベトナム・ラオス・カンボジア)、そういうところはみな独立戦争で戦後忙しかったせいもありますけれど、やっぱり、そこから検察官や判事を招くべきでした。それから、日本人が弁護側にたくさんつきましたが、日本側の検事あるいは裁判官も、実はいないといけなかったんです。

それから、有名な事後法の問題があります。平和に対する罪というのは、たかだかニュルンベルク裁判[17]で確立した罪状であって、あの戦争が始まった頃、「そんなことないよ」という意見。これは戦後できた概念であって、できていないときのことを、戦後できた法律で裁けるかという意見がありますが、実はこれは、裁けるんですね。それから、平和に対する罪、これはもう完全に確立してましたから。詳しく説明しなければいけませんが、時間がもうなくなってきましたので省かせていただきます。

僕は、あの裁判自体は、大変インチキだと思います。何よりも連合国側、アメリカの都合で、いちばん責任のある、ここは丸山先生の文章を引用します。「大日本帝国における天皇の地位についての面倒な法理はともかくとして」、法における理屈ですね。「ともかくとして、主権者として「統治権」を総攬」し、つまり、大日本帝国憲法の第一条の「大日本帝国ハ万世一系ノ天皇之ヲ統治ス」という「主権者」、天皇はたった一人の主権者なわけです。「主権者として」いや、丸山先生の文章に註釈をつけるというのも恐ろしいですね（笑）。もう、やめにします。

「主権者として「統治権を総攬」し、国務各大臣を自由に任免する権限をもち、統帥権はじめ諸々の大権を直接掌握していた天皇が――現に終戦の決定を自ら下し、幾百万の軍隊の武装解除を殆ど摩擦なく遂行させるほどの強大な権威を国民の間に持ち続けた天皇が、あの十数年の政治過程とその齎《もたら》した結果に対して無責任であるなどということは、およそ政治倫理上の常識が許さない」(『丸山眞男集』第六巻一六二～一六三頁)。

あの東京裁判、極東国際軍事裁判というのは、まず「昭和天皇を免責する」ということを大前提にしていますから、つまり、主犯者がいないわけですよ。主犯者がいなくて、それを摘発しているほうの親玉(マッカーサー)と並んで写真なんか撮ってますから(笑)、裁判としては、もう、全く形をなしてないわけです。ですから、あの裁判(18)はたしかにおかしい。

それは裁判を肯定するか、否定するか、両方の側から見ることができます。つまり、日本はたまたま負けたとはいえ、正しい戦争をしていたから、その勝った者が勝手に敗者をありもしない罪で裁くのはおかしいというのは、実はあの戦争の中身を考えれば、間違いです。しかし、あの裁判を、全く正しいものとして受けとって、内容を検討せずに、日本の戦争責任が絞首刑となった七人のA級戦犯や五千人ちかいB級戦犯の処刑者たちによってあがなわれたということも、実はおかしいわけです。それは「戦争責任論の盲点」のなかにも丸山先生が展開していらっしゃいますが、東京裁判はインチキな裁判でした。ただし、そのインチキさの中身は、日本のやった侵略戦争を肯定する立場のそれとは、全く正反対です。

東条英機(19)がうっかりいってしまうんですね、「われわれ臣下は天皇の御裁可がなければ何もできません」。それから裁判はしばらく休みになります。その間、巣鴨プリズンへどんどん使者がたって、次に東条が裁判に出てきたときには、「全て私の責任であります」といいかえています。昭和天皇を免責した東京裁判は、ここでボロを出しました。その後裁判が行われている間に、どんどん国際情勢が変わっていって、米ソ対立、冷たい戦争が顕在化するなかで、裁判は尻切れトンボで終わってしまいました。

ただし、裁判の進行には学ぶべきところが多いと思います。最初に、この裁判の管轄権というのを決めるわけです。この裁判はここからここまでのことを審理すると。清瀬一郎(20)という人が、——東条の主任弁護人で日本人弁護団副団長ですが、この裁判は根底から成り立たないということを訴えるわけです。終身禁固刑となった梅津美治《よしじ》郎《ろう》の弁護人のアメリカ人のブレイクニーが、「広島、長崎にあんなとんでもない爆弾を落とした国が連合国のなかにあるのに、自分の国ですけれど、こういう裁判を維持していくのはおかしい」というんですが、オーストラリアのウェッブ[21]裁判長が、それを却下します。

ウェッブさんはすでにニューギニアで日本軍によるオーストラリア兵への虐待行為に関する報告書をまとめていました。ちなみに、日本の捕虜収容所におけるアメリカ、イギリス、オーストラリア兵の死亡率は二七・六パーセント、これに対して日本兵がアメリカ、イギリス、オーストラリアの捕虜になったときの死亡率は、四パーセントです。日本の捕虜収容所に入ると、どうしてあんなに捕虜が死んでしまうんだ。われわれは日本の捕虜をこれだけ大事に扱っているのに、なぜ日本の捕虜に対する待遇はあんなにひどいんだ、という連合国側の憤り。これも東京裁判に相当影響しています。

一九三七(昭和十二)年から始まる中国との戦争、いってみれば、向こうに勝手に踏み込んでいくわけですが、軍と政府は「この中国との紛争に関しては国際法を適用せず」と言明するわけです。ですから日本側から見ると、あれは中国との「戦争」ではなくて、「事変」になるわけです。かつて日本は国際法を守るので大変有名な国だったんです。第一次世界大戦のときに、ドイツ兵の捕虜を預かったときに、もうあまりにもてなしたために、彼らは戦争が終わっても帰りたくなくて、徳島辺りにいた人たちが神戸に移って、ジャーマンベーカリーとか、ドイツのお菓子とかをつくるようになる。ドイツはお菓子の作り方で世界に冠たる国ですが、そんな扱いをしていた国が、他のアジアの国を、見下しているんですね。国際法を適用せずに、勝手にあいつらを懲らしめるというんですから、捕虜の待遇もひどいものだったわけです。

逆に、日本軍は日本兵に捕虜になる方法を教えていなかった。玉砕するしかなかった。最近出た藤原彰先生の本(『飢死《うえじに》した英霊たち』)には、日本軍の戦死者のほとんどが餓死者であって、戦闘で亡くなった人は意外に少なかったとあります。つまり、政府も日本兵たちも国際法を勉強して、力を尽くして敗れたら、捕虜になってもいいという考えができなかったわけですね。ですから、みんな戦いじゃなくて、野垂れ死に、空腹、飢餓からくる病気で亡くなっていく。そういう人たちを勝手に靖国に祀っておいて、神様だとかなんだとかいって、あの人たちが本当に化けて出てきたら、どうするつもりなんですかね(笑)。よくわかりません。小泉首相によれば、みんな死ねば仏になるそうで、化ける人もいないそうですから。

いずれにせよ、主犯のいない裁判でした。というか、本当に被害にあった人たちから検察官も、判事も出ていないという欠陥裁判ですが、ここは注意を要するところです。あの裁判はインチキだということでは、みんなある意味では同じなんですが、片方では戦争が正しいのになんで裁かれなきゃいけないんだという、そういういい方をする人と、そうではなくて、本来は、といういい方、それはわれわれというか、丸山先生というか、私というか、皆さんもほとんどの方がそうだと思いますが。そうじゃないと何か卵かなんか飛んできそうな気がしますけれど(笑)。

それと、広田弘毅の弁護人のスミスという人が、ウェッブ裁判長——彼はニューギニアで戦犯裁判をしているんですが——について、東京裁判の裁判所を構成する法律(極東国際軍事裁判所条例)のなかには、一度太平洋戦争の戦犯裁判をした人は東京裁判の判事になれないという条文があるといって、あれこれいうと、ウェッブ裁判長は、結局、法廷侮辱罪でスミスをやめさせるんです。するとそのスミス弁護人はどうしたかというと、アメリカへ帰って、いま東京で行われている極東国際軍事裁判、あれは裁判ではないと連邦最高裁に提訴するんです。もちろん、アメリカの連邦最高裁は、あの裁判は合法であるという結論を出すんですが、その間、処刑、絞首刑はずっと待つことになります。これはあの裁判の美点の一つだと思います。たとえ形式的とはいえ、われわれが教わるところもあります。

それから、もう一つの大きな意義は、あの裁判に検察側と弁護人側がそれぞれの証拠を出すわけです。僕が買い込んだ、西さんの「東京裁判関係資料」を調べていきますと、当時の機密書類がたくさんあります。たとえば、関東軍の参謀本部から陸軍省に「機密交際費三百万円」、当時の金で三百万円、「至急振込め」という電報が来るんです。その写しもちゃんとあるんです。そうすると、一日のうちにいろいろなハンコをついて、その三百万円の機密費が関東軍の参謀本部に流れる。それで満州事変が起きてくるわけです。だから、機密費ってすごい。つまり、参謀本部には予算がないというより、そもそもつかないのです。だから参謀本部が何か事を起こすときには、陸軍省から金をもらわなければいけない。その金は全部機密費なんです。そうやって、満州事変が起きていくとかが、資料からわかってきます。

読み継がれるべきもの

いま大変売れている本で、僕も読んですごく感動しましたが、ジョン・ダワーが書いた『敗北を抱きしめて』(岩波書店)という上下二巻の本、もしお読みでなかったら、僕はここで声を高くして宣伝します。丸山先生のこともたくさん出てきます。丸山先生の論文からの引用もありますし、大変面白い本です。僕はみんな知っていることなんですが、その知っていることをしっかりと記述していくと、こんなにすばらしいノンフィクションができる。そういう感動もあります。しかも、ダワーさんは丸山先生の相当の読者ですね。これは大変面白い本です。

日本人にはやり残した戦後責任、つまり戦争をどう考えるかという戦後責任があるはずなんですが、それを、昭和天皇と一緒に日本人は黒白論でみんな逃げてしまったのです。それについて丸山先生は、

「……今日依然として民主化の最大の癌をなす官僚制支配様式の精神的基礎を覆す上にも緊要な課題であり、それは天皇制自体の問題とは独立に提起さるべき事柄である(具体的にいえば天皇の責任のとり方は退位以外にはない)。天皇のウヤムヤな居据りこそ戦後の「道義頽廃」の第一号であり、やがて日本帝国の神々の恥知らずな復活の先触れをなしたことをわれわれはもっと真剣に考えてみる必要がある」(『丸山眞男集』第六巻一六三頁)。

ということです。すごい予言ですね。つまり、一番上のものが責任をとらなかったために、二番目もとらなくて済み、三番目もとらなくて済み、下々までとらなくて済んで、全部忘れて、アメリカの庇護のもと——ジョン・ダワーは、日本のことを「client state」というふうに書いています。アメリカの「client」、つまり家来という意味ですね。普通、clientとはお客、顧客、そういうことをいいますが、本来の意味は家来です。だから、日本はアメリカの家来の国になって、外交もすべてアメリカに任せて、全く過去のことを考えずに。それで、ちょっと景気が悪くなってくると、日本人はまちがっていなかったという古証文、つまり、神々が復活してきたわけですよ。

丸山さん、「さん」と、急に略したのは別に意味はありません(笑)。先生というと、何か、いかにも会ったことがあって、お前、親しいんじゃないか、そうじゃないという反省がしゃべっているうちに出まして、これはやっぱり「さん」にした方がいいと思いました(笑)。『丸山眞男集』や『丸山眞男座談』、『丸山眞男講義録』、これらはもう一度読まれるべきです。一時期、丸山眞男はだめだという時期がありました。ある意味では、戦後民主主義の最大の存在ですから、戦後民主主義がだめだというふうな風説が出てきたときに、丸山さんは叩かれます。しかし、ここのところに来て、丸山さんのおっしゃっていることが全部当たってきているんですね。ですから、僕は、これからますます丸山眞男の、今度は呼び捨てになりましたが(笑)、熱心ないい読者でありたいというふうに念じて、これからも一生懸命読むつもりです。

話が雑駁になりましたけど、「戦争指導者層というのは何を考えていたのか」ということを、私が最近入手したとっておきの資料を使って説明しました。丸山眞男の世界というのは、これからますます重要な存在になることは、僕は太鼓判を押してもいいぐらいです。僕が押してもあまり効き目がありませんけれど(笑)。今日は、私なりに丸山眞男さんをどういうふうに読んでいるか、読み継いでいこうとしているかということをお話ししました。ご清聴ありがとうございます。

註

（1） 東久邇宮(稔彦王)　(一八八七～一九九〇)皇族、戦後初の首相(一九四五年八月十七日～十月五日)

（2） 一億総懺悔　一九四五年八月二十八日の記者会見で語った。「この際私は軍官民、国民全体が徹底的に反省し懺悔しなければならぬと思ふ。全国民が総懺悔することが、わが国再建の第一歩であり、わが国団結の第一歩であると信ずる。」(『朝日新聞』一九四五年八月三十日付)

（3） 木村健康　(一九〇九～七三)経済学者、東京大学教養学部教授。戦時下「平賀粛学」(一九三九)のさい東大助手を免職、河合栄治郎の出版法違反事件で弁護人として活躍。戦後助教授として復職。

（4） 箱根会談　一九四五年二月九日、広田弘毅は重臣として昭和天皇に単独拝謁し、対ソ関係の重視を上奏した。四月五日、ソ連は日ソ中立条約の不延長を通告。東郷茂徳外相の依頼により広田はマリク大使と六月に四回会談し、満州国の中立化などを申し入れたが回答は得られなかった。

(5) マリク (一九〇六〜八〇)ソ連の外交官。駐日大使館参事官(一九三九〜四二)、駐日大使(四二〜四五)。対日宣戦布告を手交後に帰国した。戦後、日ソ交渉全権、国連大使。

(6) 広田弘毅 (一八七八〜一九四八)外交官・政治家。斉藤実、岡田啓介、第一次近衛文麿内閣の外相。二・二六事件後に首相。一九四四年九月、小磯国昭内閣は広田を特使としてソ連に派遣しようとしたが、ソ連は拒否。極東国際軍事裁判で文官で唯一、A級戦犯として絞首刑。

(7) 東郷茂徳 (一八八二〜一九五〇)外交官。駐ソ大使(一九三八〜四〇)、太平洋戦争開戦、敗戦時の外相(四一〜四二、四五)。A級戦犯として禁錮二十年の刑期中に病死。

(8) 西春彦 (一八九三〜一九八六)外交官。一九四一年外務次官となり東郷外相を補佐して日米交渉の妥結に努力。戦後、公職追放解除後の五五年駐英大使、ロンドンで行われた日ソ国交回復交渉に関与。対ソ、対中関係への影響を懸念して日米安保条約改定に反対した。

(9) スターリングラードの防衛 ヴォルガ河畔のスターリングラード(現在のヴォルゴグラード)で、一九四二年七月から翌年二月にかけて行われた独ソ決戦。独軍九万は降伏。第二次世界大戦の転換点となった。

(10) サンフランシスコ会議　一九四五年四月二十五日に始まった連合国五〇カ国の会議。国際連合の設立を決定した(～六月二十六日)。

(11) 『わが闘争』　ヒトラーが一九二四年に獄中で口述筆記し、二五～二七年に出版した著書。ナチスの聖典とされた。

(12) 松岡洋右　(一八八〇～一九四六)外交官・政治家。満州事変後の国際連盟総会の日本全権。満鉄総裁。三国同盟と日ソ中立条約の締結を推進。A級戦犯として極東国際軍事裁判にかけられたが、公判中に病死。

(13) スターリン　(一八七九～一九五三)ソ連の政治家。党書記長(一九二二～五三)として一九二〇年代後半に党・政府の実権を掌握した。三四年のキーロフ暗殺事件を契機に大粛清を行い、個人崇拝を強めた。三九年独ソ不可侵条約を締結、四一年首相となった直後に独ソ戦が始まった。その死まで独裁的権力をふるった。

(14) 佐藤尚武　(一八八二～一九七一)外交官・政治家。林銑十郎内閣の外相。駐ソ大使(一九四二～四五)。戦後参議院議長。

(15) 満蒙開拓団　満州事変後に関東軍や内閣により満州に送り出された農業移民団。一九三六年、広田弘毅内閣は二〇カ年百万戸移民計画を決定、二十七万人が入植した。ソ連の対日参戦後、関東軍が先に撤退したため、開拓団は多大な犠牲を出し、今日の中国残留孤児問題をひきおこした。

(16) レイテ湾の攻撃　レイテ沖海戦。アメリカ軍のフィリピン奪回作戦にともない、一九四四年十月二十三〜二十六日にレイテ島周辺で展開された日米の海空戦。第一航空艦隊司令長官大西滝治郎は神風《しんぷう》特別攻撃隊を組織し、敷島隊がはじめて米空母への突入に成功した。

(17) ニュルンベルク裁判　一九四五年十一月二十日にドイツのニュルンベルクで始まったドイツ重大戦争犯罪人に対する国際軍事裁判(〜四六年十月一日)。ゲーリングらナチス指導者十二名が絞首刑となった。

(18) 「撮ってますから」　一九四五年九月二十七日にはじめてアメリカ大使館にマッカーサー元帥を訪ねた昭和天皇は三枚の写真を撮った。写真は九月二十九日付新聞各紙で公表されたが、内務省は「不敬」であるとして発禁処分としたが、ＧＨＱはそれを取り消し、改めて公表された。

(19) 東条英機　(一八八四〜一九四八)軍人・政治家。第二・三次近衛文麿内閣の陸相。太平洋戦争の開戦時の首相(一九四一〜四四)。Ａ級戦犯として絞首刑。

(20) 清瀬一郎　(一八八四〜一九六七)弁護士・政治家。極東国際軍事裁判の日本人弁護団副団長。東条英機主任弁護人。後に一九六〇年安保のときの衆議院議長。

(21) ウェッブ　(一八八七〜一九七二)オーストラリアの法律家。極東国際軍事裁判の裁判長およびオーストラリア連邦最高裁判所判事に就任。極東国際軍事裁判では判決時に別個意見を提出した。

（講演・原題「丸山眞男先生に私淑して」――〈第二回「復初」の集い〉二〇〇一年八月一五日、星陵会館（東京）、主催・丸山眞男手帖の会。初出「丸山眞男手帖」一九号。文中の［ ］内、および末尾の「註」は同誌編集部）

4

笑劇・喜劇という方法

――私のチェーホフ――

(1) 滑稽小説家の登場

百年も前、演劇革命にめざましい成功をおさめた作家がいた。彼の方法はいまでもまったく新鮮で、これから百年先にも有益でありつづけるだろうといわれているが、むろん彼とはチェーホフのことである。

四十四年の短い生涯で、彼はどんな演劇革命を成しとげたのか。一に、主人公という考え方を舞台から追放した。二に主題という偉そうなものと絶縁した。三に筋立ての作り方を変えた。別にいえば、戯曲から物語性を追い出した。以上がチェーホフの新しい演劇の三原則といわれているものだ。三番目については多少の異論があるもの、右の意見に九割方は同意する。そして、「新しい内容なしには新しい形式を創造できない」というチェーホフ劇の登場人物の一人(『かもめ』のトレープレフ)の台詞《せりふ》を引くなら、彼の劇の新しさは、その内容の新しさが生み出したものということになる。

このことを頭のすみにとどめておいて、初期のチェーホフの小品群に注目したい。

現存するチェーホフの小説は全部で五〇一編(中央公論社版全集第一巻解説)、その多くがいわゆるチェホンテ時代に書かれた小品群である。モスクワ大学医学部の医学生が一家の生活を引き受けざるを得なくなって、チェホンテのほかにも、「わが兄の弟」「患者なき医者」「短気な男」「脾臓《ひぞう》のない男」など、たくさんの筆名を使い分けながら書きまくった滑稽《こっけい》な読み物が、いうところの初期作品である。こんど片っ端から読み直して、この医学生が希代の小説読みだったことに気づいた。研究者たちは口を揃《そろ》えて、「医学部の予習や復習をすませてから、朝の五時まで読み物を書く毎日、とても小説の勉強などする暇はなかっただろう。つまり天賦の才が驚くべき数の小説を書かせたのだ」というが、とてもそうは思えない。

たとえば、ほとんど処女作といってもよい『小説の中で、いちばん多く出くわすものは？』では、「伯爵、かつての美しさの余香を宿した伯爵夫人、隣人の男爵、リベラリストの文学者……」(原卓也訳)から始まって、人びとに愛されている大衆娯楽小説の常套《じょうとう》手段を四十以上も列挙している。これはその手の小説を多読していなければできない芸当である。中にはいくつも傑作な手法があって、「おびただしい数の間投詞と、いい折をみて技術用語を使おうとする試み」や「わかり切ったことを、持ってまわった風に仄《ほの》めかす態度」などは、いまでも使われている。特筆すべきは、「大発見の端緒となる偶然の立ちぎき」という手法で、後年の彼は、戯曲の中でこの立ち聞きを乱用する。というよりは、チェーホフの戯曲はすべて立ち聞きで成り立っているといっていいくらいで、つまりチェーホフは大衆娯楽小説の嫡子なのである。

チェーホフはまたヴォードヴィルを愛していて、初期小品集にはこの手法が頻出する。たとえば、二十三歳のときの『感謝する人』はその典型で、どこの役所なのかわからないが、とにかくここに一人の長官がいる。その秘書が結婚式の費用を借りにくる。長官は、「家内に感謝したまえ。家内の口添えがなかったら、びた一文たりとも貸すものではないが、あれが頼むのだから仕方がない」と金を貸す。そこで秘書は長官夫人のところへ礼に行く。

小柄で美しいブロンドの夫人は、自分の書斎の小さな寝椅子《いす》に座って小説を読んでいたが、秘書が感激のあまり、「あなたのご主人は、黄金の心を持っておいでです。あなたは、天があんな立派なご主人を授けてくださったことに、感謝しなければなりません！　どうか、あの方を愛してあげて下さい！　お願いです」といいながら手に接吻《せっぷん》してくると、うっとりとなり、いつの間にか、秘書の、「あの方を愛してあげてください、……裏切ったりしないで下さい！」という声を聞きながら夫を裏切って寝椅子の上で抱き合ってしまう。ところがそこへ長官が入ってきて……そっくりそのままヴォードヴィルの舞台に乗りそうな段取りと会話である。

チェーホフの新しさはこのような、ふつうの人びとの好むものを自分の戯曲に取り込むことで、できたものだった。

（2）笑劇の方法

いわゆる四大戯曲（『かもめ』『ワーニャ伯父さん』『三人姉妹』『桜の園』）を書く寸前の一八九五年、三十五歳のチェーホフは、十歳年下の詩人で作家でもあるブーニン（一八七〇―一九五三、のちにノーベル文学賞を受ける）と知り合った。そのブーニンによると、チェーホフはいつもこう洩《も》らしていたという。

「すばらしいヴォードヴィルが一編でも書けたら、そのときはね、もう死んでもいいんですよ」（「チェーホフの回想」中村融《とおる》訳）

ヴォードヴィルはふつう、歌あり踊りあり滑稽な話芸ありの大衆向けのショー、あるいはそのショーに挿《はさ》み込まれている笑劇やコントやスケッチのたぐいを指す。好意的に喜劇と訳されることもあるが、もちろんチェーホフは笑劇の熱心な愛好家、自分でもこの形式で一幕物をいくつも書いているくらいだ。でも、彼がヴォードヴィルと言ったときは注意が必要、人びとの愛する笑劇の手を使って何気《なにげ》ない日常のなかに潜んでいる異常を見つけること、同時に異常のなかに普遍性を発見すること、これがチェーホフのいうヴォードヴィルだからである。

だいたいチェーホフの日常そのものが充分に笑劇風だった。たとえば、五歳年上の長兄のアレクサンドル(一八五五―一九一三、税関吏、のちに作家)の回想録(中村融訳)から、モスクワ大学医学部の五年生だったころの、二十三歳のチェーホフのある夜を再現してみよう。

一家の家計を一手に引き受けて一週に一編の割合で滑稽小品を書きまくっている彼が、いま、自室に籠《こ》もって、衛生学の講義録を必死になって読んでいる。次の日、卒業できるかできないかを決める大事な口頭試問があるのだ。ところが「蝗《いなご》の大群」が勉強の邪魔をする。蝗とはチェーホフの言い方で、同居する母や伯母や兄妹たちのことである。

まず、伯母が部屋飼いの犬を探しに入ってくる。「ここに犬はいません。ほかの部屋を探してください。ぼくの勉強をじゃましないで」と言うと、伯母がすねる。「生きものを飢えさせたりしたら、神様の罰があたるんだよ」

ようやく伯母を説き伏せて勉強を再開すると、青ざめた顔の母親がやってくる。「明日におまえが着るシャツを洗濯屋がまだ持ってこないんだよ。まったく神様はどこを見ていらっしゃるんだろうね」。チェーホフは答える。「汚れたシャツで行きますから、ぼくに話しかけないでください」。すると母親はいつもの繰り言をはじめる。「子どものために精も根もすり減らしている母さんに、なんてことを言うんだい。おまえのことで、どんなにわたしが気を使ってきたか……」。耳を塞《ふさ》いで講義録に没頭していると、母親はぶつぶつ言いながら去ったものの、こんどは弟が「兄さんところにぼくの鉛筆が迷い込んできてない？」

「勉強中だというのがわからないのか」と一喝すると、弟は泣いて出て行き、伯母に言いつける。伯母はこんどもまくしたてる。

「こら、野蛮人。罪のない弟を泣かすなんて、おまえにはもう良心というものがないんだね」

伯母をなだめて部屋から出すと、妹が、「学校で、精神上の実体ということを習ったんだけど、どういう意味なの。兄さんはなんでも知っていなければならないはずだから、説明してちょうだい」と議論のようなものを吹きかけてくる。ようやっと妹を追い出すと、近くに下宿している次兄の肝臓が痛みだしたという報《しら》せ。駆けつけると、次兄はただの二日酔い。そこで、次兄に薬代わりにビールを呑《の》ませ、寝床に寝かしつけ、脈を取りながら講義録を読みつづける……。

重要な試験を明日に控えて猛勉中という異常事態に入り込んでくる日常、あるいは助け合い頼り合って生きている家族の日常のなかに潜む狂気。笑劇の手法を利用してこれらを取り出し組み合わせて、人生の憂愁を微笑のうちに描くのがチェーホフのやり方だった。

（3）笑劇から喜劇へ

チェーホフは笑劇の手法で、十九世紀の末に生きていたあらゆるロシア人を、そして彼らの生活のすべてを書きとめた。ロシアの作家で評論家のメレシコフスキー（一八六六―一九四一）は、こんなことをいっている。

「チェーホフはロシア文学における最大にして最高の生活作家である。もしも現代のロシアが地表から消え失《う》せてしまったとしても、チェーホフの作品を読むとき、だれもが、十九世紀末のロシア人の生活の場面をその微細な点まで、生き生きと蘇《よみがえ》らせることができるだろう」（「チェーホフとゴーリキー」中村融訳）

では、チェーホフの書いたロシア人群像のなかで強く印象にのこっているのはだれか。読み手によっていろいろだろうが、『勲章』の十四等官レフ・プスチャコーフなどは、わたしの好みだ。この名前には「つまらない男」という意味があるらしいが、とにかく幼年学校の教官である彼は、裕福な商人の豪勢な昼餐《ちゅうさん》に招かれている。その商人は「俗物で、えらく勲章が好きで……それにあいつには娘がふたりある」(池田健太郎訳)ので、友人から勲章を借り受け、胸にしっかりと縫いつけて出席する。

ところがテーブルの真向かいに坐《すわ》っていたのは彼の同僚のフランス語の教官だった。「フランス人に勲章を見せることは、実に不愉快な問題を数かぎりなく引き起こすことであり、永久に恥をかいて名誉を失う」から、彼は食事中、つねに右手を胸に当てて勲章を隠し、おかげでご馳走《ちそう》を五皿も食い損なってしまう。左手で食事をするのは「しつけのいい社会」では禁じられているからだ。

ところが真向かいのその同僚も、右手をつねに胸へ当てている。おかしいなと思ったとき、破局がくる。乾杯のときに、どうしても右手を使わなければならなくなったのである……このあたりの会話と仕草《しぐさ》は、そのまま舞台にのせても客席の爆笑をよぶはずで、とてもよくできている。そしてこの滑稽小品は、二人ともつまらない見栄から、貰《もら》ってもいない勲章をぶら下げて、おたがいにそれを隠し合っていたというオチで終わる。

笑劇では、悪者はその報いを受け、善人はご褒美をもらい、愚かな行為は罰をくらい、愛や恋はそれにふさわしい相手を得るというオチで終わるのが常套である。一言でいうなら、勧善懲悪という、人びとの永遠の願望をうまくオチを使って成就させるのが笑劇のドラマツルギーなのだが、やがてチェーホフは次第にこのオチから遠ざかり始める。そしてそのことで、彼の喜劇が成立することになった。

たとえば、『ワーニャ伯父さん』のワーニャは、四十七歳の今日まで、妹の夫の大学教授の学問のために「自分たちは食う物も食わずに一銭二銭の小銭から何千という金を積み上げ」(神西清《じんざい》訳)仕送りしてきた。「おれは、あいつ(教授)やあいつの学問が自慢で、それがおれの生甲斐《いきがい》でもあれば励みでもあった」からだった。

ところが今わかったことは、教授が「利口な人間にはとうの昔からわかりきったこと、馬鹿な人間にはクソ面白くもないこと」について講義をしたり、本を書いたりしていただけだったというおそろしい事実である。才能もなく、だれにも不必要な学者が安楽に暮らし、功績もないくせに大学者という贋《にせ》の名誉を博している。こんな人間はどこにでもいそうであるが、それはとにかく、そんな贋者のために半生を棒に振った自分はいったいどうすればいいのか。

劇の第三幕で一波乱おこるが、俗物教授はなにごともなかったように屋敷から出て行き、ワーニャはこの先、どうやって生きて行くべきかわからないまま残される。こうして、笑劇の手法を生かしながらもそのオチを排して、俗物の愚劣さが人びとの生活の美しさを征服した瞬間を書いたとき、チェーホフの新しい喜劇のドラマツルギーが成立した。

（4）喜劇作者の祈り

ちゃんとした喜劇作者は、同じ時代を共に生きる普通の人たちの生活を凝視する。喜劇の題材は、普通の人たちの日々の暮らしの中にしか転がっていないからだ。さらに彼は（その度合いはさまざまであっても幾分かは）社会改革家にならざるを得ない。自分を含む普通の人たちの生活を見つめているうちに、たいていの人たちが、たがいに理解し合うことを知らないためにそれぞれもの悲しい人生を送っているという恐ろしい事実を発見するからだ。

万人に通じ合う大切な感情が共有できない、知っていながら知らんぷりをして結局は自己溺愛《できあい》の中へ逃げ込むしかない……そういった人たちの毎日が少しでもいい方へ変わってくれたらと、喜劇作者は私《ひそ》かに祈り始める。チェーホフもまた、この道を歩いていた。

一八九〇(明治二十三)年、三十歳の四月、汽車や船や馬車を乗り継いでシベリアを横断したチェーホフは、当時、最悪の徒刑地だったサハリン島で囚人調査を行った。徒刑地の悲惨な現実に知らんぷりができなくなったからだった。

炭鉱や木材伐採地を巡って囚人たちの事情を聞き一万枚もの調査カードを書くが、とりわけ心を痛めたのは、その地の子どもたちのひどい有り様で、彼は元老院控訴局の検事長のコーニィ博士にこう報告する。

「僕は飢えた子供たちを見ました。十三歳のめかけも、十五歳の妊娠した娘も見ました。少女たちは十二歳から、時には月経のある以前に、売春をはじめます。……僕にはどうすればいいかわかりません。しかし……僕に言わせれば、ロシアでは一時的な性格をもつ慈善に依存して問題を提起するのは禁物です。僕はむしろ国庫の援助を望みたいところです」(池田健太郎訳)

ちなみに、サハリン島からの帰途、チェーホフは日本に寄るつもりだったが、「われわれは日本を素通りしました。コレラがはやっていたからです」(ペテルブルクの出版業者で理解者であり援助者でもあったスヴォーリン宛ての手紙)……残念といえば残念である。のちに何種類もの全集が出版されて大勢の愛読者や崇拝者を持つことになるはずの日本を、彼に一目、見てもらいたかったのだが。

帰国後のチェーホフは、かなり大がかりなヨーロッパ旅行をしてから、モスクワの南七〇キロの小村メリホヴォに地所を求め、「医者は妻、文学は愛人」(スヴォーリン宛ての手紙)という二本立ての生活をはじめた。

「……夏になると、南からコレラが北上して蔓延し、セルプホフ郡の医師会が立ち上がって、二十五の村と四つの工場と修道院の一つが、チェーホフの受持ちになった。彼は助手なしで、不潔な農家を一軒一軒回って往診する。長身(一八〇センチ)の彼は、しょっちゅう貧しい農家の低い天井や壁に頭をぶつけた」(牧原純『越境する作家チェーホフ』東洋書店)。そのほかにも、いくつもの優れた小説を書くかたわら、自分の出資と設計で小学校をいくつも建て、サハリン島の子どもたちへ一万冊の本を送った。もちろん自宅へも、喉《のど》から血を出した男や木で腕を打撲した男たちが詰めかけてくる。彼は、自分の喀血《かっけつ》をハンカチで押さえながら、一切無料で患者たちを治療しつづけた。

サハリン島でなにがあったのか。手掛かりはある。たとえば、スヴォーリンにこんな手紙を書いている。

「神の世界は素晴らしい。ただひとつ、素晴らしくないものがあります。それは僕らです。……知識の代りに、度はずれの厚顔とうぬぼれ、労働の代りには、怠惰と陋《ろう》劣《れっ》、正義はなく……」。だから大切なのは、「働かなければならない。その他はすべて、悪魔に食われるがいい。大事なことは、公正であること、その他は全部、つけたりです」

社会は公正であること、個人は働くこと、しかしそれで人生の諸問題は解決するだろうか。私たちのチェーホフは、さらに悩まなければならないだろう。

(5) 人間は生きたがっている

『三人姉妹』(一九〇一年)の本読み稽古を、作者は気に入らなかったらしい。読み終えた俳優たちが議論をしているあいだに、チェーホフはこっそり退席してしまっていた。作者にそのつもりがないのに、俳優たちは筋立てをなぞって、これは悲劇だと思い込み、涙を流しながら読んだり聞いたりしていた。作者にはそれが気に入らなかったのである。

「静劇」という厳かなレッテルを貼ってしかつめらしく上演される日本のチェーホフ劇を観たら、やっぱり作者は顔を赤くして退席するにちがいないが、それはとにかく、そのとき、芸術座の指導者の一人であるダンチェンコが、「わかった。これは作者の大好きな笑劇《ヴォードヴィル》なんだ。だから笑劇のように急テンポで演《や》る必要がある」と叫び、こんどは台詞を誇張して言いながら過剰な仕草で演じてみたが、それでもだめだった。試行錯誤の末に辿《たど》りついた結論は、もう一人の指導者のスタニスラフスキイによればこうである。「チェーホフの劇の登場人物たちは、生きたがっている。ただひたすら生きたがっている。チェーホフの主人公たちにたいする態度はこれでなくてはならない」(『わが舞台生活』中村融訳)。この瞬間に上演の大成功は約束された。

彼の時代の主調音は、流刑と流血《テロ》と圧政と暴動である。落胆と絶望がその主旋律だった。そしてこの二つから生まれた疲労と憂愁の歌が人びとの毎日を灰色に染め上げていた。その暗い一八八〇年代と九〇年代に、チェーホフはほがらかに現れて、笑劇や喜劇の方法で人びとの心の内に深く分け入って行き、医療や学校建設の仕事を通して人びとの願いを聞き、結局のところ、人間は生きたがっている、ただそれだけのことなのだという真実を発見したのである。

生きたいと思えばこそ、人間は笑劇じみたドタバタ騒ぎを演じ、ときには人生の落とし穴に自分ではまっていやいやながらも悲劇の主人公さえ演じてしまう。そういった人間たちの生き方、死に方を冷徹だが温かくもある目で見つめながら、彼は人生の、その真実を書きつづけたのだった。

では、人間はどうしたらしあわせに生きることができるのか。『三人姉妹』の幕切れの末妹のイリーナの絶唱が、私たちに手がかりの一つを与えてくれているかもしれない。長姉のオーリガの胸に頭をもたせかけて、彼女はこう言うのだ。

「やがて時が来れば、どうしてこんなことがあるのか、なんのためにこんな苦しみがあるのか、みんなわかるのよ。わからないことは、何ひとつなくなるのよ。でもまだ当分は、こうして生きて行かなければ……働かなくちゃ、ただもう働かなくてはねえ！」(神西清訳)

もちろん、作者のチェーホフは、登場人物たちのように手放しに未来を信じていたわけではない。二百年後、三百年後には、地上の天国が訪れると、登場人物たちに言わせてはいるけれど、その天国の正体は、『桜の園』の新興成り金のロパーヒンが計画した「開発の天国」かもしれないからである。開発の天国がどんな地獄か、それは百年後の私たちがよく知っている。私としては、前回書いたように、万人に通じ合う大切な人間の感情をたがいに共有しあって、他人の不幸を知っていながら知らんぷりをしないと説いたチェーホフを信じ、ユートピアとは別の場所のことではなく自分がいまいる場所のこと、そこをできるだけいいところにするしか、よりよく生きる方法はないということを信じるしかない。じつを言えば、三人姉妹にはこの覚悟が欠けていた。彼女たちは別の場所モスクワに憧《あこが》れるあまり、いまいる場所を軽んじ、ほとんどすべてを失ってしまうのである。

いずれにしてもチェーホフは、四十四歳の夏、ドイツ語で「わたしは死にます」と簡潔に言い、全集に無数の手がかりを遺して、自作の中の登場人物のようにあっさりと世を去った。

（原題「私のチェーホフ」――初出「朝日新聞」二〇〇四年五月七日、一四日、二一日、二八日、六月四日付・夕刊）

5　笑いについて

(1) ジョン・ウェルズの笑い

「笑い」や「おかしさ」をつくる方法なら少しは心得ているよと、そう自負しているうちに、もう白髪まじりの頭になってしまった。このあまり根拠のない自信を、じつは若いころから持っていたようで、すでに三十年前、ずいぶん偉そうに、こんなことを書いている。

〈……笑いの正体を突きとめた人はまだ居ないのだ。「笑いは一種の社会的身振りである」(ベルクソン)とか、「笑いとは誇りの突然の発生である」(ホッブス)とか、「笑いは、強い緊張がだしぬけに弛《ゆる》んだ結果生じる」(カント)とか、「笑いは突如として自覚された優越感の表現である」(パニョル)とか、先人はいろいろと結構なことをいってくれてはいるけれど、なんとなく「へえ、なるほど、ごもっとも。しかし、それがいったいどうしたのさ」といいたくなってしまう様な名言ばかり。これらの名言はわれわれがなぜ笑ったかを或る程度説明はしてくれても、どうしたら観客を笑わせることが出来るかという最も肝心な点については何も教えてくれない。〉(「喜劇による喜劇的自己矯

正法」一九七一年)

このエッセイの後半では、笑いをつくる方法の代表的なものに、「あべこべ法」「人まね小僧法」「二人の主人を同時に持った召使法」の三つがあると、得意気に弁じているが、こころのなかでは不届きにも、(笑いについて、いくら説明したところで、だれにも分かりはしないさ。これは技術じゃない、感覚だからね)と、うそぶいていた気味がある。(笑いについて知りたければ、僕の小説を読み、僕の芝居を観ることだね)と。あのころのわたしはつくづくいや味な男だった。

しかし、高慢の鼻はいつかはへし折られるのがこの世の習い、三年前の一月、わたしの鼻はぺしゃんこになってしまった。

ロンドンのホテルのロビーでぼんやりテレビを眺めていると、急に人だかりがしはじめたのである。その数ざっと二十人、テレビの前に陣取り揃って悲痛な表情をしている。なにごとかと怪しんで画面を注目すると、男性アナウンサーがいった。

「この国から偉大な才能が一つ、天国へ旅立ちました。ジョン・ウェルズが先ほど癌で亡くなったのです。六十一歳でした。わたしたちBBC第一放送は、すべての番組を中止して、ただいまからウェルズの、テレビのためのスケッチ傑作選をお送りいたします。故人がいかにたくさんの、すぐれた笑いの財産を遺してくれたか、それをみんなで思い出すことにしましょう」

スケッチとは日本でいうコントのことである。テレビで暮らしを立てていたころに一千本のコントを量産して、日本一、とはいわないまでも、日本有数のコント作家だったことがあると、そうひそかに自認していたから、よろしい、ジョン・ウェルズ氏とやらの実力を拝見しようではないかとお高く構えて、画面を見ることにした。

最初のスケッチ。

怪奇趣味たっぷりの音楽が鳴って、十九世紀末の、霧の夜のロンドンの街角が写し出され、その上に字幕で、「ハイド氏の美しい獲物」という題名が浮かび上がる。

……と、建物の陰からジョン・ウェルズ扮するところのハイド氏が、いかにも悪の化身といった化粧に凄みのある邪悪な笑みを浮かべて現われる。ただし写っているのは上半身だけ、やがてわかることだが、これがこのスケッチの要所《みそ》である。

やがてコツコツと靴音が高く響き、だれかがこちらへやってくる気配、ハイド氏は建物の陰に身を隠して獲物の近づくのを待つ。

舗道を美しい脚が歩いてくる。編み上げの婦人靴に街灯の光が妖しい輝きを添えている。弾みをつけて舗道を蹴る、その若々しくて魅力的な歩き方。

ここからは、舌なめずりしながらその美しい脚を追うハイド氏と、危険を察知して歩調を早める美しい脚とが交互に写し出される。追うハイド氏、逃げる美しい脚、なおも追うハイド氏、さらに逃げる美しい脚……切り返しのテンポがぐんぐん早まってゆき、ついに悲劇の発生を告げる音楽のなかで、ハイド氏は美しい獲物に襲いかかる。

このとき、カメラが後退するのに合わせてスタジオに明かりが入ってき、テレビの前の観客が見ることになるのは、張りぼての街角と舗道の装置の中で、顔と上半身をハイド氏に拵《こしら》え、下半身にはスカートを着け編み上げ婦人靴を履いたジョン・ウェルズが、上半身を折り曲げて自分の脚に襲いかかろうとして苦心する馬鹿げた光景である。

スティーヴンソンの『ジキル博士とハイド氏』の骨組み、つまり一人二役を巧みにふまえたトリック、しかも、テレビのスタジオでしか成立しないスケッチだった。映像のギャグ(笑わせる工夫)を文章で説明する愚は承知だが、そのときのわたしは大いに感心してソファの上で居住まいを正した。

次のスケッチ。

雨上りの歩道を、洋傘を左腕に引っ掛けた典型的な、一分の隙もないイギリス紳士がやってくる。その上に字幕で、「雨に濡れたシェイクスピア」という題名。紳士を演じているのはジョン・ウェルズである。

カメラの手前まできた紳士は、「おや？」となって足を止める。歩道すれすれに停めてある小型車の前輪のところに、紙幣が一枚、ぺったりと地面に貼りついて落ちているのに気づいたのだ。シェイクスピアの肖像が印刷されているところを見ると、二〇ポンド紙幣にちがいない。

紳士は、まず周囲をたしかめる。向かい側にコーヒー・パーラーが一軒あるだけの静かな住宅地、それに、ついさっきまで雨が降っていたせいもあって、人の気配はない。そこで彼は、紳士としての体面をなんとか保ちながら、洋傘の先を使って紙幣をたぐりよせようとする。りゅうとした形《なり》の紳士がお拾いさんよろしくお札をネコババしようとして悪戦苦闘する様子を、ジョン・ウェルズはみごとなパントマイムで表現する。

しかし雨で地面に貼りついている上に、紙幣の三分の一ぐらいが車の前輪に敷かれてもいる。前輪がこのままであるかぎり紙幣は拾えないと見きわめた紳士は、ふと思いついて、向かい側のコーヒー・パーラーで車が動くのを待つことにする。

コーヒー・パーラーは八分の入り。額を寄せてなにか語り合う恋人たち、チェス盤をはさんで黙考する中年男の二人組、読書に熱中する娘さん、ウォークマンで音楽を聞きながら体を揺すっている青年、わいわい云いながらアイスクリームを舐めている四人家族などで賑わっている。

紳士は窓際のテーブルに座って、ガラス窓越しに車を見張りながら、エスプレッソをのむ。

ここで画面が二重写《ディゾルブ》しになり、エスプレッソの小さな茶碗が三つにふえている。だいぶ時間が経過したのだ。そのあいだに、掃除夫のおじさんが車の近くまでやってきて、そのへんを掃いてみたり、おばあさんが二人、右と左からやってきて車の前でおしゃべりをしたりするので、そのたびに紳士は紙幣に気づかれるのではないかとハラハラする。

一番の危機は、ビーチボールが転がり出て、それを拾いに少女が現われたときだ。少女は車の前輪のあいだに半身を入れてボールを拾おうとするので、紳士は身を捩《よじ》らんばかりにして気を揉む。しかしそのことをお客はもちろん、テーブルを縫って歩くウェイトレスにも、そしてカウンターの向こうの主人にも気づかれてはならない。再三の危機に気を揉みながらも、ゼントルマンとして自然な態度を保とうと必死に苦心する紳士。この不調和な関係が、おかしい。最後に紳士は手を合わせて神に祈ったりもするが、祈りが天に通じたか、少女は紙幣に気づかずにボールを拾って立ち去る。ほっとして思わず安堵の溜息をついたそのとき、車の持主が登場し、濡れた車体をひとわたり拭いてから(このときも紳士はもちろんハラハラする)運転台に乗り込み、ついに車を発進させる。

いまだ！

紳士は代金をテーブルに置いて立ち上がるが、なんとしたことか、コーヒー・パーラーのお客たちが、そしてウェイトレスや店主までがドッと出口めがけて殺到する。みんなもそれぞれひそかに雨に濡れたシェイクスピアを狙っていたのだ。

出遅れた紳士が唖然となったところで、このスケッチは終わる。

……なんでもない日常のなかにわずかな隙間を見つけてそこに笑いのタネを仕込む巧みな企《たくら》み、それを成り立たせている抑制された自然な演技、人間を愛しながらも、その小狡《こずる》さを正確に剔抉《てっけつ》する鋭い人間批評の針。それは、どうか笑ってくださいとできるだけ突飛な状況をでっちあげ、過剰な演技で笑いを強制していたわたしたちのコントとはまるでちがうものだった。

いや、つまらない解説はやめておこう。このとてつもないオチに、ロビーで観ていた人たちといっしょに腹を抱えて笑い転げながら、「上には上があるものだ。よろしい。もう一度、笑いについて勉強し直そう」と決心した。プラトンやアリストテレスからダーウィンやフロイトやベルクソンにいたるまで、これまで偉大な先達たちが笑いの秘密を探ろうとして無残にも敗退したのは周知のところ、手に入ったのは無味乾燥な哲学的解釈だけだった。笑いは、まだ解答のない重大な人間的問いの一つ、失敗覚悟でこの謎に体当たりしてみよう。おのが非力を考えれば、これまた意味のない野望かもしれないが、とにかくやってみようではないか。

翌日、ジョン・ウェルズについて調べて回ったが、それを小さな伝記にまとめればこうである。

一九三六年生まれのジョン・ウェルズ(John Wells)は、オックスフォード大学でフランス語とドイツ語を学んだあと、イギリスで最古の、そしてもっとも有名なパブリック・スクール、歴代の首相の多くを輩出してもいるイートン校で、仏独二カ国語を教えた。しかし生れついての芝居好き、世界最大の演劇の祭典であるエジンバラ芸術祭にハチャメチャなレビュー台本を書いて主演、いかがわしい評判をとる。そのために諸事万端において体面と格式を重んずるイートン校にいづらくなり、その後は俳優やスケッチの作者として身を立てることになった。

ウェルズを有名にしたのは、ハロルド・ウィルソン首相夫人の架空の日記だが、これには多少の説明が要るかもしれない。

一九六四年に労働党党首から首相に就任したウィルソンは、イギリスのEU（当時はEC）加入をめぐって国民投票を行なったことで知られているが、じつは党内の激しい対立に直面していつも悩んでいた。さて、その日々、夫の苦悩をよそに首相夫人はなにを考えていたか。もちろん人のこころの中などだれにも分かるわけはないが、ウェルズは首相夫人の日記という体裁で、それを明らかにした。もちろん、いかにもありそうなウソを並べたてて。

日本の大新聞にも、首相の日録が掲載されており、たとえば、小泉純一郎氏が自民党両院議員総会で、第二〇代総裁に選出された平成十三年四月二十四日の森首相の動静は、朝日新聞によればこうである。午前は割愛して、午後は、

〈0時7分、官邸。25分、古川官房副長官。46分、自民党本部。同党総裁選投票のための両院議員総会に出席。1時1分、同総会始まる。2時18分、自民党の小泉純一郎新総裁、古賀誠幹事長、青木幹雄参院幹事長。33分、福田官房長官、塩川正十郎森派座長、尾身幸次幹事長代理加わる。3時43分、官邸。4時20分、公邸。6時10分、福田官房長官。21分、古川副長官加わる。31分、小泉新総裁加わる。9時57分、東京・赤坂の日本料理店「外松」。自民党江藤・亀井派の江藤隆美会長、亀井静香党政調会長ら。11時7分、公邸。〉

同じようにイギリスの新聞にも首相の動静が載っているので、ウェルズはそれをもとに首相夫人の架空の日記を書いたわけである。その伝で四月二十四日の森首相夫人の架空の日記を書くとすれば、たとえばこんな具合になるだろうか。

「主人から何の連絡もない。このところなんだかずいぶん忙しそうである。暇ができたので、今日は、この十四日に亡くなった三波春夫さんの歌をたっぷり聞いて、幸せな気分になった。『ちゃんちきおけさ』では、お手伝いのサッチャンといっしょに踊り出したぐらいだった。そのうちにサッチャンが、『雅子さまが、予定されていた旅行や行事出席などを全部取り止めなさるそうですね。懐妊でもなさったのでしょうか』と云いだしたので、さっそく宮内庁に電話してみると、課長が出てきて、『そんなこと、奥さんの知ったことじゃないでしょう』と云われてしまった。夫に云いつけて、あんな課長はくびにしてやろう。夕方、吉野鮨から上にぎりを取り寄せてサッチャンとたべていると、テレビで、鳥取県の山の中から弥生人の脳組織が出てきたといっている。主人の脳より軽いといいけれど……」

ウェルズはこういう調子で、『ウィルソン夫人の日記』(一九六八)を書き、一躍、風刺作家の先頭に躍り出たのである。

(2) アリストテレスの笑い

後世の諸学問に大きな影響を及ぼしたアリストテレスは、たいへんおもしろい人であった。彼の講義録を読むたびに笑ってしまう……と書きつけた途端、たくさんの腐れリンゴが飛んできそうである。

〈人類の歴史の中で、特に哲学史に限っても、偉大な名前は百を超えるといってよいであろうが、いかなる思想史に於いても、いかなる哲学史に於いても必ずその名とその業績の説明を落とすことのできない学者と言えば、おのずから数が限られてくる。アリストテレスは、その数少ない優秀な学者の一人であり、歴史を通じて洋の東西を問わずその存在を無視することは許されない。〉(今道友信『人類の知的遺産第八巻・アリストテレス』講談社)

その古今無双の大哲学者を指して、おもしろいとはなにごとであるか。

でも、ほんとうにおもしろいのだから仕方がない。二、三、例を引くと、たとえば、『問題集』(戸塚七郎訳、岩波版全集第十一巻)の「性交に関する諸問題」から、〈過度に性交を行なう者の場合、きわだって眼がくぼみ尻の肉が落ちるのは何故であろうか——

尻は〔性器に〕近いが、眼は遠く離れているのに。それは、交合の真最中に、これら両者は、精液の射出に当たって作業の上で力を合わせ、かくすることで一緒に労働し……それゆえ、これらの部分から、身体の中の溶解し易い栄養が圧迫されて絞り出されるのである。〉

「鼻に関する諸問題」から、〈何故に、くさめの回数が大抵二度であって、ただの一度とか数回とかでないのであろうか。……それは、鼻孔が二つだからであろうか……〉

まだたくさんの笑える「諸問題」があるが、残念ながら割愛して、こんどは『小品集』（副島民雄・福島保夫訳、全集第十巻）の「人相学」から、〈（動物との相似から人相学を行なうならば）小さい額を持つ者は無教養であり、その証拠は豚である。……丸い額を持つ者は鈍感であり、その証拠はロバである。やや長めの平たい額を持つ者は敏感であり、その証拠は犬である。四角い均整のとれた額を持つ者は矜恃《きょうじ》あるものであり、その証拠はライオンである。曇った額を持つ者は横柄であり、その証拠は雄牛とライオンである……〉

歴史の高みから見下ろして先人の業績を嗤《わら》うのは愚かな行ないであるし、それに全集には収録されてはいるものの、『問題集』も『小品集』も、どうやら後世の贋作らしいので、これ以上、この人類の偉大な哲学教師を話の肴にするのはやめにしなければならないが、じつはアリストテレスの、あの『詩学』(今道友信訳、全集第十七巻)第五章の冒頭の数行が西欧の笑いの理論の枠組みを決定した。このことだけは、はっきりと書いておかなければならない。

〈喜劇とは、……普通の人よりもどちらかと言えば下劣な人々のことをまねて再現するものであるが、しかし、それだからと言って、何も、悪のすべてにわたる、というわけではない。再現の対象となるのは、寧ろ、みにくさ《アイスクロン》であり、滑稽《ゲロイオン》もこれの一部に属している。例えば、滑稽は確かに一種の失態《ハマルテーマ》であり、それゆえまた、醜態《アイスコス》であり、その意味では劣悪なものではあるが、別に他人に苦痛を与えたり危害を加えたりする程の悪ではない。早い話が、喜劇用の滑稽な仮面は何かみにくくゆがんでもいるが、それでもこちらの苦痛を呼びはしない。〉

現代《いま》風に言いなおせば、他人の欠点や弱点や悪い癖など、好ましいものではないとされている性質がある、自分にその性質の持ち合わせがなく、その上、そういった性質がひどい不快感を起こさないときに、滑稽感が、つまり笑いが生まれるというのである。

ここに明治二十(一八八七)年に発行された『抱腹絶倒西洋頓知《とんち》機《き》杼《りん》』(内外発明新報社

刊)という翻訳本がある。西洋の笑話を百五十話ばかり集めた、当時のベストセラー本だが、そこから短い話を一つ引く。

ココニ一人ノ女中アリ、主婦ニ請《コ》フテ曰ク、「ワタシ、手紙ヲ故郷ニ送ラント欲ス、然レドモ、ワタシガ文字ヲ一丁字モ書クコト能ハザルコトハ、奥様モ、御存ジノ所ナリ、願クバ、不用ノ手紙アラバ、ワタシニ、ソノウチノ一通ヲ賜マハレカシ」ト。

アリストテレスの理論によって、この笑話のおかしさを(今ではあまり笑えないけれど)分析するなら、まず、文明開化の世の中にまだ文字を解しない人間がいて、これは弱点だから、一つの滑稽である。次に、この女中さんは手紙という仕組みをまるで理解しておらず、このモノを知らなさ加減が滑稽の第二である。さらに、目に一丁字もない人間が、いかめしい漢文調を振り回すところが、なんだかおかしい。なによりも、この女中さんの愚かさは、読者になんの苦痛も迷惑も与えない。つまりは他人ごとである。こういうときに笑いが生まれるのだとアリストテレスは言う。

アリストテレスのこの考え方は、十七世紀イギリスの哲学者にして政治思想家のホッブス(一五八八—一六七九)によって、さらに高い精度に練り上げられる。ホッブスは、「笑いは、他人にたいする優越感から生まれる」と唱えて、優越理論あるいは嘲笑理論と呼ばれる法則を編み出した。

周知のように、ホッブスは社会契約論の始祖で、彼が『人間論』や『リヴァイアサン』で展開するところをやさしく言いなおすなら次のようになるだろう。

「自然状態の人間は生きて行くために、てんでに生まれつき備わっている生存権なるものを振り回す。つまり、人は人に対しておたがいにオオカミ同士なのであり、人生とは、万人の万人に対する戦争なのだ」

いつだったか、テレビのトーク番組で、十七歳の少年が、「どうして人を殺してはいけないんですか」と発言して、大人たちが青くなったことがあった。「いけないからいけないのだ」と諭《さと》しても、同義反復であるから、まったく説得力がない。しかし、もしもそこにホッブスが出席していたら、少年の質問におそらくこう応じたはずだ。

「きみはわたしをいつでも、自分の好きなときに殺していいんだよ。わたしを殺す自由が、きみにはあるのだ。同時に、わたしにもきみを殺す自由がある。それが自然状態の人間の姿なのだね。しかし、いま、きみがわたしを殺そうとし、わたしがきみを殺そうとすれば、わたしが困るし、きみも困る。それどころか番組自体が成り立たなくなり、そのうちに、プロデューサーは台本の上がりの遅いライターを殺そうとし、ライターはわがままばかり言うスターを殺そうとし、スターは高いマネージ料を毟《むし》り取る事務所の社長を殺そうとし、社長はしょっちゅううるさいことを並べ立てるスターの母親を殺そうとし、あちこちで殺し合いが始まる。……そうなると、だれもが安心して生活できなくなる。他人を殺す自由を振り回すと、自分も生きて行くことができなくなるわけだね。この自己矛盾に気づいた人間は、契約によって、たがいにその自然権を譲り合うことにした。別にいえば、殺す権利を預けたわけだ。では、どこに預けたか。法律なるものをこしらえて、それに預けることにした。その法律もやわでは困るから、国家という強固なものを設立して、そこに預けることにした。したがって、きみはわたしを殺してもよい。けれども、それは重大な契約違反だから、きみは法律、すなわち国家から重罰を受けることになる。それでもいいのかね」

少年が説得されなかったとしたら悲劇だが、いずれにもせよ、ホッブスが人間の自然状態を、「人は人にとってオオカミ同士であり、人生は万人の万人に対する戦争である」と言ったことは記憶されてよい。こういう荒々しい立場から優越理論や嘲笑理論が発明されたのだ。

ベルクソンについては別に一章を設けて考察するが、彼の説くところもまたアリストテレスからホッブスへ延びた同じ線上にある。たとえば、『笑い』(『ベルグソン全集』第三巻、鈴木力衛ほか訳、白水社)の冒頭はこうだ。

〈通りを走っていた男がよろめいて転ぶ。通行人は笑う。思うに、もしこの男が急に地べたにすわろうという気になったのだと想定することができれば、人びとは男のことを笑わないだろう。人びとは男がそのつもりなくしてすわったことを笑うのだ。そうしてみれば、笑わせるのは男の体位の急激な変化ではなく、その変化のなかにある不本意、不器用さである。石が通り道にあったのかもしれない。歩きかたを変えるか、障害物をよけるかするべきだったのだ。それなのに柔軟さが足りず、からだがほかのことに向けられていて、いうことをきかず、つまりぎごちなさ、ないしは惰性のせいで、事情がほかのことを要求していたときに、筋肉は同じ運動をおこない続けたのだ。だからこそ、この男は転んだ。そしてそれを通行人は笑うのだ。〉

社会は、それを構成する人たちに、最大限の弾力性と、最高の社交性を要求する。そうでないと、社会がうまく立ち行かない。ところが、この男はその弾力性と社交性を欠き、凝固していた。だから転んだのである。そこで通行人たち(社会)は、彼を罰するために笑ったのだと、ベルクソンは言う。つまり、おかしさというものは、人間がその協同生活体である社会にたいして適合性を欠いたときに発生するものであって、笑いとは、じつにそれに対する処罰であり、矯正だというわけだ。これも荒々しい理論である。

もちろん、西欧の先人たちがみんな優越と嘲笑を梃子《てこ》にして笑いを考えていたわけではない。たとえば、ショーペンハウアーやキルケゴールは、「矛盾や不釣り合いの要素が、同時に、同一のコトガラに属しているとき、笑いが生まれる」と説いた。ショーペンハウアーの挙げた例を二、三、引いておこう。

ある人が、「わたしは一人で散歩するのがなによりも好きなんです」と言ったら、そばで聞いていた男がにっこりして、「じつはわたしもそうなんですよ。同じ趣味同士で、これからご一緒に散歩しませんか」

吹雪の夜、村外れの宿屋へ一人の男が真っ青になって転がり込んできて言った。「宿屋があって助かった！　なにしろ、すぐそこの林の中で、一匹狼の大群に襲われましてね……」(一匹狼が群れるはずはない)

パリのある劇場で、観客の一人がオーケストラに、ラ・マルセイエーズを演奏してくれと注文した。劇場側がそれを拒否、大騒ぎになった。そこでついに臨席の警官が舞台に出て、「プログラムに載っていないものをやってはいけない規定になっている」となだめにかかったところ、観客席から別の一人が立ち上がり、大声で、「あなたが舞台に立つということもプログラムには載っていませんがね」

……とたんに場内に爆笑が起こった。

しかし、よく考えてみると、矛盾も不釣り合いも、結局は、優越や嘲笑の枠に収まってしまうようにみえる。笑われているのは、一人で散歩するのが好きなくせに仲間を募る男であり、言い損なった旅人であり、プログラムを盾に混乱を鎮めようとした警官である。いつかロシア語同時通訳でエッセイストの米原万里さんから、次のような冗談をうかがったことがある。そのころモスクワでいちばん流行っていた冗談だそうで、これらは優越理論や嘲笑理論ではとても解けない笑いである。

モスクワ郊外にあるロシア最大のマッチ工場が全焼した。さいわいなことに焼けのこったものがあって、それはその工場の製品のマッチだった。

ロシア政府は国内の混乱に対処するために非常事態省を設置した。しかし、すぐに廃省になった。ロシアでは非常事態が普通事態であるから、とくにそのための省は必要ないというのが理由だった。

米原さんの妹さんはイタリア料理のコックで筆者の妻も兼ねているが、ティラミスというお菓子が大流行していたころ、ふっとこう洩らしたことがある。

「これは、わたしが働いていたベネト州の郷土菓子の一つなんだけど、イタリア直輸入では流行《はや》らなかった。まず、フランスの高級レストランのデザートになり、それがアメリカに伝わって大流行。アメリカから日本のレストランに輸入され、そして『Hanako』が取りあげて大ブームになった。ワインブームもアメリカ経由だし、日本人はほんとうにアメリカが好きなのね」

聞いているうちに、ブロードウェイミュージカルやガーシュインの音楽やアメリカ映画に凝《こ》っていたころを思い出して、わたしは苦笑した。

モスクワっ子の笑いもわたしの苦笑も、アリストテレス以来の優越理論や嘲笑理論では答えが出ない。これらはむしろ、哲学者の足立和浩さんの絶妙の造語〈とも笑い〉(「『笑い論』のためのメモランダ」『現代思想』一九八四年二月号所収)とでもいうべきもので、そこでわたしたちはアリストテレスから始まった笑いの理論から、一旦は、離れなければならなくなる。

ちなみに今回の論旨の展開は、前記の足立論文におんぶしている。末尾ながら、そのことを記して、学恩に感謝する。

(3) ルイ十六世の笑い

ルイ十六世の笑いという題を打ったからといって、このブルボン家特有の巨大な鷲《わし》鼻《ばな》の持主が——すなわち、フランス革命のさなか、革命広場(現在のコンコルド広場)に設けられた断頭台の上で、詰めかけた二万の市民たちに、「フランス人よ、わが不幸せな者たちよ、わたしは罪なくして死んでいく。わたしに死を要求した者をわたしは許そう。ああ、わたしは神に祈る、これから流されるような血がふたたびフランスの地に流れることがないように……」と大声で呼びかけるうちに、急速に滑り落ちてきた巨大な刃物で三十八年の生涯を断たれたフランス史上最後の絶対君主が——笑いについてなにか有益な著作を書き遺していったというわけではない。

彼が書いたのは、こまごまとした〈家庭的〉な日記だけだったが、その日記と彼の身の上につぎつぎに生起する世界史的大事件を付け合わせると、そこに意外なほど有益な笑いの理論が、あのベルクソンが喜んで使いそうな喜劇の教典が忽然と現われてくる。そしてやがてそれは一冊のみごとな悲劇の教科書に変化するはずである。今回は、フュレとオズーフの『フランス革命事典』(河野健二ほか訳、みすず書房)や、ルノートルとカストロの『物語フランス革命史』(山本有幸訳、白水社)の助けを借りて、ほかにもさまざまな資料を援用しながら、ルイ十六世が命がけで演じた喜劇を見ることにしよう。

一七八九年の、のちに革命記念日として祝われることになる七月十四日の夕刻、六百人のパリ民衆がバスティーユ要塞を攻め落とし、ローネ守備隊長とフレッセル市長を殺害する。さらに民衆はローネ隊長の首を槍に刺し、それを高々と掲げて市内を練り歩いた。事件はさっそく国王衣裳係のリアンクール公爵から報告されたが、ルイ十六世は日記に、

〈なにもなし〉

と書きつけて寝てしまった。

本業の国政については〈なにもなし〉と書くのが常だったが、個人生活に関しては、少しは長く書いた。たとえば、彼はひどい近眼の持主だったから、獲物の鹿や狐が見

えていたかどうかよく分からないが、とにかく狩りが大好きで、狩りがあった日は何行も書いた。

また彼の趣味は大工仕事や錠前いじりで、自分の住居にはかならず鍛冶場を設けて、鍵や錠前をつくっていた。鍛冶場にこもっていた日の日記もけっこう丁寧である。そのあたりをよく読むと、食いしん坊で呑み助でのんびり屋さんだが、しかし素朴で誠実で平凡な一人の人間が浮かび上がってくる。職人の家に生まれていれば、しあわせな一生を送ることができただろう。その彼が大国フランスの国王を務めなければならなかったところに、喜劇が生まれる。ショーペンハウアーやキルケゴールのいう「矛盾や不釣り合いの要素が、同時に、同一のコトガラに属しているとき、笑いが生まれる」理論の一典型である。

二年後の一七九一年六月二十日、日曜日の深夜、国王一家は六頭立てのベルリン馬車を仕立てて、パリのテュイルリー宮からベルギーめざして逃亡する。これをヴァレンヌ事件といい、長いあいだ、フランスの大衆小説家たちに生活の糧を提供することになる。この事件を扱うと奇妙に本が売れるのだ。

馬車に乗っていたのは、ルイ十六世、それからもちろん王妃にして、マリア＝テレジア女帝の末娘であるマリー＝アントワネット。ほかに王太子、王女、国王の妹のエリザベート王女、そして子守役のトゥールゼル夫人の都合六人。さっさと走ってアントワネットの実兄のオーストリア皇帝のもとへ駆け込めばよかったのだが、翌日の午前十時、谷間の小村で小用に出た国王が一瞬、行方不明になる。心配になったアントワネットが探すと、国王は村人と今年の麦の出来不出来についてのおしゃべりに熱中していた。こんなことをしているから追っ手はすぐ追いつく。それにいくつかの手違いが重なって、一行はベルギー国境まであと四〇キロのヴァレンヌで捕まってしまう。六月二十五日、テュイルリー宮へ送り返されたとき、ブロンドだったアントワネットの髪は老婆のように真っ白になっていたが、彼女より一つ年上の、三十六歳の国王はといえば、二十三日の欄にこう書いただけだった。

〈(ドルマン市のルーヴル館で)肘掛椅子で三時間仮眠〉

そして、ふたたびテュイルリー宮に軟禁された日はこうだ。

〈本日、余は脱脂ミルクを飲んだ〉

一家の運命をきめた六日間の逃亡行の感想が、たったの右の二行である。この人はつくづく政治には向いていなかった。

後世のわたしたちは彼の寿命が一年半後の九三年一月に尽きることを知っている。そう、時代はさらに激しく動いているのだ。そのあいだ、彼がなにをしていたかといえば、かたわらに積み上げた古い日記を慎重にめくりながら過去十六年間の外出の回数を丁寧にかぞえていた。そして日記の新しい頁に大きく書き込む。

〈一七七五年から九一年のあいだに、余は二千六百三十六回外出した〉

ここでわたしたちはベルクソンのことばを思い出す。人間の脳にはモノゴトを観察して記憶し、未来を見通しながらそのときの状況に機敏に対応する力があると説いたこの哲学者は、前回、こんなことをいっていたはずである。

〈(人を)笑わせるのは……変化のなかにある不本意、不器用さである。(ある男が転んだのは)石が通り道にあったのかもしれない。歩きかたを変えるか、障害物をよけるかするべきだったのだ。それなのに柔軟さが足りず、からだがほかのことに向けられていて、いうことをきかず、つまりぎごちなさ、ないしは惰性のせいで、事情がほかのことを要求していたときに、筋肉は同じ運動をおこない続けたのだ。だからこそ、この男は転んだ。そしてそれを通行人は笑うのだ。〉

ルイ十六世には、たしかに精神の柔軟さが足りなかった。自分を取り巻く状況が猫の目のように目まぐるしく変わりながら悪化して行くのに、それに対応することができず、無心に〈なにもなし〉日記を書きつづける。そこで、気の毒に思いながらも、わたしたちは笑うほかないのである。

ところで、事情がほかのことを要求しているのに精神が同じ運動をおこない続けるというのは、じつはギャグの基本の一つである。

たとえば、山田洋次の『男はつらいよ』で、隣のタコ社長が、とらやの土間で、おいちゃんやおばちゃんと、寅さんの新しい恋について噂をしている。

「なるほど、寅さん再び現役復帰か。やっぱりこうこなくちゃな。ハハ、面白くなってきたぞ」(第二〇作『寅次郎頑張れ!』)

このとき、いつの間にか寅さんがタコ社長の背後に立っている。おいちゃんやおばちゃんは真っ青になるが、タコ社長には新規の事情がまだわからない。なんとなく気にしてちょっとうしろを振り向いたりするが——つまり、ほんの一瞬、新規の事情を目には入れるのだが——話に熱中しているので気がつかず、

「それで、こんども美人? いいなあ、寅さんみたいに恋愛ばっかしで一生暮らしたら、どんなに楽しいだろうなァ……」

言っている途中で、新規の事情にはっと気づいてぎょっとなり、瞬間的に固まってしまったタコ社長を見て観客が笑うが、これなども、いわばルイ十六世式である。

木下順二の『夕鶴』。

幕が開いて間もなく、つうという名の女房を貰い、そのつうの織る布を売って急に

金回りのよくなった與《よ》へうの家へ、村人二人(運《うん》づ、惣《そう》ど)が、こっそり入り込み、秘密を探る。鶴の羽根をひろった二人、

「鶴や蛇がのう、時々人間の女房になるつちふ話があるのう。……さう云へば、きのふ村の仁《にん》ぢが云うとつた……四五日前の夕方に、あの山の池のところを通りよつたら、女が一人水際に立つとつたげな。何やら風《ふう》がをかしいと思つてそつと見とるとよ、すうつと水の中にはいつたところを見るとおめえ、鶴になつとつたげな」

ひそひそ話をするうちに、

〈惣ど　さうして暫く水の中で遊んでから、またもとの女になつて、すうつと戻つて行つたちふが……

運づ　ふわあ…(外へ逃げ出す)

惣ど　お、おい、何だ、妙な聲出して……(思はず自分も外へ出る。)

運づ　お、おい、ならあの女房が、つ、鶴……

惣ど　ばかが、そげなこと分るもんけ。いや、そげなばかな話しが……〉

新規の事態に柔軟について行っているのは運づであり、惣どの理解は一瞬遅れる。劇場ではきっとこの箇所で微《かす》かなどよめきが生まれるが、観客は事態について行けない惣どという男の、一瞬のこころの固さに微笑を浮かべるのである。

チェーホフの未完の笑劇『公判の前夜』(『チェーホフ全集』第十四巻、原卓也訳、中央公論社)は、とある宿場の宿屋が舞台。

色事師のザイツェフは、同宿の女、ジーノチカに目をつける。彼女は老齢の紳士グーセフの若い妻である。ニセ医者を装ってジーノチカに近づいた色事師は、老紳士の目を盗んでジーノチカの脈を診ることに成功する。

〈ジーノチカ　いけませんわ、先生、そんなこと……もう、おやめになって。……あたし、夫をそりゃ愛していますし、尊敬していますもの……あたしが何か、そんな女だと思ってらっしゃるのなら、誤解もはなはだしいところですわ……ほら、主人が来たようですわ……そう、来るわ……何で黙ってらっしゃるの？　何を待ってらっしゃるのよ？　ね、ね……早くキスして！

ザイツェフ　可愛い子だ。(キスする)可愛い！　可愛い！(キスする)

ジーノチカ　ねえ、ねえ……

ザイツェフ　猫ちゃん……(キスする)おバカさん……(入ってくるグーセフに気づいて)もう一つお伺いしますがね。咳のひどいのは、いつですか、火曜ですか、木曜ですか？

ジーノチカ　土曜ですわ……

ザイツェフ　ふむ……脈を拝見！
グーセフ　〈傍白〉何だか、だれかキスしてたみたいだけどな……どうも医学のことはわからんよ……〉

もしも演出家が、色事師役の男優に、「老紳士が来るのを目では見ているのに、こころでは見ておらず、一秒間ぐらいキスをつづけて、それからはっと気づいて、ぎょっとすること」という注文をつけたらどうなるか。たいてい、そういう演出で上演されるようだが、キスに夢中で御亭主登場という新事態に一瞬、適切に対応できない色事師は、たちまちルイ十六世に似てくるはずで、そのとき客席に笑いが生まれる。

ここまで書いてきて、いまの世の中もけっこうルイ十六世風だと気がついた。政治も経済も教育も、その潜勢はどんどん悪い方へ進んで行くのに、社会の表層だけを見て笑って受け流しているわたしたちもルイ十六世の立派な後裔《こうえい》ではある……というような生臭い話は避けて、本筋に戻ると、こころの動きが鈍くて新事態を笑って受け流したあとに、その新事態に気づいてぎょっとするギャグを、普通、「見直し《ダブルテーク》」といい、これは喜劇作者にとって万能の武器である。

では、ルイ十六世は、いつ新事態に気づき、いつ世界を見直したか。どうやら死の一カ月前の一七九二年のクリスマスの前に、彼ははっと真実に気づいたようだ。日記では眠っていた精神が、クリスマスに認《したた》められた遺書では、生き生きと躍動している。〈……私はわが魂を、創造者である神にゆだねます。慈悲をもってお迎えくださるように祈ります……私が知らず知らずのうちに傷つけたかも知れないすべての人々、私が悪い手本を示し、迷惑をかけたかも知れないすべての人々は、私によってこうむったと思われる害悪をどうかお許しください……私を虐待した人たち、私がこうむるのが至当と考えて苦痛をあたえた人たちを私はよろこんで許します……〉〈私は子供たちを妻に託する。私は子供たちにたいする妻の母親らしい慈愛を深く信頼している。私は、子供たちを善良なキリスト教徒に、また、誠実な人間に育てることを妻に願う。子供たちがこの世の栄華を危険なうつろいやすい富と観じ、天国がもたらす唯一永遠の至福に眼を向けるように導いてもらいたい……〉(『物語フランス革命史』山本有幸訳)

その妻も九カ月遅れで、同じ革命広場で生涯を終えるが、それにしても世界を見直してからのルイ十六世は、彼の死刑に賛成した人びとが、「パリ市民の人気が、この旧王にふたたび集まるのではないか」と心配するほど、勇敢だった。

身分の高い者が自己の運命を直視し、そこへ向かって堂々と歩を進める、そこに悲劇のタネを見ていたギリシャやローマの悲劇作者たちには垂涎の的ともいうべき人物に、ルイ十六世は変身したのである。つまり彼は、生涯のほとんどを喜劇の教典として生き、その最後で悲劇の教科書になったわけで、歴史はときおりこういう不思議な人物を創作する。

（4） スクリーブの笑い

パリには大別して二通りの市場があった。一つは常設市で中央市場《レ・アール》がその代表、もう一つは一年に何回か設けられる大市《おおいち》で、その代表格がサン＝ジェルマン大市やサン＝ローラン大市である。これらの大市は、常設でないだけに、いったん開催されるとなると、日常から賑やかにはみ出した、陽気なお祭り気分でみちあふれる。

アルフレッド・フィエロの『パリ歴史事典』（鹿島茂監訳、白水社）によると、〈一六七二年、パスカルという名のアルメニア人がサン＝ジェルマンの大市にカフェ、すなわちコーヒーの店を開〉き、これがパリ人がコーヒーを口にした始まり。また、〈パリ人が初めてサイを見たのは、一七四九年三月、サン＝ジェルマンの大市にオランダ人がサイを持ってきたときで……この事件は、「サイ風の」かつら、帽子、髪型の一大流行を引き起こした〉そうだ。いってみれば、こうした大市は後の万国博覧会のはしりのようなものだったかもしれない。

中でも大市の人気の的は、市のなかの各所に設けられた縁日劇場《レ・テアトル・フォラン》であって、それらの小屋はそれぞれヴォードヴィルという出物《だしもの》をかけて競い合っていた。

それにしても、このヴォードヴィルという演劇形式ほどかわいそうなものはない。というのは、ゴーゴリもイプセンも、そしてあのチェーホフさえもこのヴォードヴィルからじつに多くのことを学び、それを血肉にしてそれぞれ新しい演劇を革新したのに――とりわけイプセンなどはヴォードヴィルのおかげで「近代劇の父」という称号を奉られもしているのに――だれもまじめにこの演劇形式を考えようとしていないように見えるからである。中には、訳知り顔に、「唄や踊りやアクロバットや奇術などで構成されたヴァラエティ・ショウのことです」と解説する人もいて閉口するが、それはアメリカン・ヴォードヴィルというやつで、チェーホフたちとは関係がない。

パリの大市で上演されていたヴォードヴィルでは唄がうたわれたが、それは観客たちがよく知っている民謡や流行歌で、始めのうちは新曲を入れるようなことはなかった。もっと分かりやすく云えば、赤坂の料亭の雪隠《せっちん》の前の廊下で田中真紀子前外相、鈴木宗男議員、福田官房長官、そして野上前事務次官の四人がばったり顔を合わせてしまい、売り言葉に買い言葉、四人がダンゴになって口から泡の大口論をした挙げ句、最後に氷川きよしの「いやだねったら、いやだね」を四重唱しながらヤケ踊りを踊るというような仕立てだった。

そのうちに、既成の唄だけではなく新曲をたくさん入れるようになり、この流れがやがてオペラ・コミックという新様式を生み出すことになる。ちなみに、オペラ・コミックへ発展する前のヴオードヴィルの幕切れ――主な登場人物たちが笑いをたっぷり盛り込んだ歌詞を順番にうたい、そのたびごとに繰返し文句《リフレイン》を全員で合唱するやり方をヴォードヴィル・フィナーレといい、たとえばこれはモーツァルトの大好きな終わり方だった。『劇場支配人』も『後宮からの誘惑』もみなこの伝である。モーツァルトがパリ発のヴォードヴィルの熱心な観客の一人だったこと、そしてこの陽気な演劇形式から大きな影響を受けていたことはまちがいない。

右の、新曲をふんだんに入れて音楽的な質を向上させようという動きに反発して、そんなことよりも筋立てをもっとおもしろくしようではないかと考える人たちもいた。唄が入るのは構わないが、もっと演劇的なからくりを仕組んで、もっと芝居らしいものにしようと志した作者や俳優たちが現われ、その旗手がパリの絹商人の息子のウージェーヌ・スクリーブ(Augustin-Eugène Scribe 一七九一―一八六一)だった。絹商人ではなく、ラシャ屋の息子だったという説もあるが、そのどちらであれ本稿には関係がない。

父親の言いつけで法律の勉強をさせられていたスクリーブは、二十歳ごろからこっそりヴォードヴィルの台本を書き始め、あちこちの小屋に送りつけていたが、三十歳のときに書いた『熊とパシャ』(L'ours et le Pacha 一八二〇年)でパリを、ついでヨーロッパをほとんど笑い死にさせてしまった。当時のヴォードヴィルの中身を知るためにやや丹念に筋書きを追ってみよう。

ところはトルコの宮殿の後宮。

暴君パシャ王ご寵愛の白熊が急死する。王に聞こえたら一大事、ドカンと雷が落ちる。そこで後宮の者たちは、「なんとか王様の気を紛らわせる工夫をしなければ……」とうたいながら引っ込む。これが始まりだ。なお、後宮の中心人物は、王の御用掛りと、王が海賊から買い取った美しい女官、ロクスラーヌである。

空《から》になった舞台に、学者熊や学者猫を諸国に売り歩くトリスタパットという商人が、相棒の男と登場する。トリスタパットは、もとは哲学者、愛する妻(じつはロクスラーヌ)を海賊にさらわれてから元気をなくし、相棒の勧めで学者動物を商っている。遠くの国々を旅することで妻を失った悲しみを鎮めようというわけだが、悪いことに売り物の学者動物たちが、この地に上陸後、空腹のためにみんな死んでしまった。……

というような事情をトリスタパットは唄で説明する。唄の終わりで、御用掛りが現われ、「その方たちは動物商人らしいが、熊の在庫はないか。王様ご寵愛の熊が死んでしまって困っているところだ」という。相棒はたちまちひと儲けを企み、「パリの行儀作法をすべて修得した学者熊がございます。ダンスは人間以上に巧みに踊りますし、唄はまだ教えていませんが、竪琴《たてごと》については素人ばなれした腕前で……」と答える。御用掛りは大喜び。即座に「買った！」と叫ぶ。「パーティを開いて、その熊に芸をさせよう。王様はきっとお喜びになるにちがいない」

御用掛りが去ったあと、トリスタパットが相棒に訊く。「熊はみんな死んでしまったじゃないか。いったいどうする気だ」。相棒が答える。「死んだ熊の皮の中に君が入るのさ。君がダンスをしたり竪琴を弾くんだよ。ダンスや竪琴は君の得意とするところじゃないか。ねえ、君、これはお金になるよ」。トリスタパットは憤然となる。「ぼくは金儲けが嫌いだし、だいたい哲学者たるものが熊なんかになってたまるものか」……と、そのとき、外から女声の美しい唄。それは行方不明になっていた妻、ロクスラーヌの声だった。そこでトリスタパットは妻に近づくために熊の皮を着ることを承知する……

かくて劇を動かす発条《ばね》が巻かれた。この後、パシャ王の前で、熊の皮を被ったトリスタパットがダンスをしたり(その相手はむろん妻のロクスラーヌである)竪琴を弾いたり、王宮の動物檻に入れられて同居する猿に嚙みつかれたりなど、荒唐無稽な見せ場が続出する。

クライマックスは、トリスタパット熊と白熊の決闘。込み入った筋立ては省くが、じつは、王ご寵愛の、例の白熊の皮を相棒が被る羽目になっており、そうとは知らぬトリスタパット熊は震え上がるが、結局は二人の正体が顕《あらわ》れて、トリスタパットがロクスラーヌの夫であることも露見する。

ロクスラーヌを生娘と思い込んで買い取ったパシャ王は激怒する。しかし全員の必死の命乞いに王が押し切られて大団円。幕切れのトリスタパットと相棒による観客への挨拶の唄(ヴォードヴィル・フィナーレ)はこうである。

世間の賢者の先生たちから
バカな芝居だというきびしい批評が
わたしたちに降りかかるでしょう

でも、ここにおいでの皆様の
笑い声と笑顔があるかぎり
そんな批評はへいっちゃら
(全員で)どんな批評もへいっちゃら
へいっちゃらのへいっちゃら……

他愛がないと云ってしまえばそれまでだが、しかしわたしたちはここでいくつかの事実に気づく。

まずなによりも筋立てがずいぶん複雑になり、話が込み入ってきていて、いわゆる〈よくできた芝居《ウェル・メード・プレイ》〉まであと数歩のところへ迫っている。種明かしをすれば、このあとのスクリーブはさらに作劇術を洗練させて行き、都合三百五十本ものヴォードヴィル喜劇を書きつづけ、やがて〈よくできた芝居〉の代表的存在になり、演劇のプリンスとして、フランスはもとよりヨーロッパ劇界に君臨することになる。四十六歳でアカデミーに会員として迎えられてもいる。

第二に、スクリーブの芝居に拍手喝采した観客たちは、筋立てのおもしろさではスクリーブのはるか上を行くシェイクスピアを再発見することになる。十九世紀のシェイクスピア大流行は、じつはスクリーブが用意したといってもいいぐらいだ。

第三に、スクリーブが掻き集め、捻《ひね》り出し、そして練り上げた、おびただしい数のギャグは、後世の喜劇作者たちのメシのタネになった。動物の皮を被って急場をしのぐというこのギャグにしても、斎藤寅次郎監督やローレルとハーディの極楽コンビやボブ・ホープの映画で何度観たかわからない。

第四に、スクリーブのヴォードヴィル喜劇は、たとえばあのアントン・チェーホフに滋養たっぷりの笑いの素を注ぎ込んだ。チェーホフが一時期、経済的な庇護者だったペテルブルクの出版社の経営者、スヴォーリン宛ての手紙に、〈医者は正妻で、文学は愛人。一方が神経に触るようになったら、もう一方のところに泊まる。放埒《ほうらつ》かもしれませんが、その代わり退屈はしません〉と書いたのは有名だが、芝居は「初恋のひと」だった。とりわけヴォードヴィルには少年時代から夢中で、ときには老人に変装して小屋に入ったこともある。中学生は入場を禁じられていたので、化粧と衣裳の助けを借りて老人に化けるしか手がなかったのだ。成人してからも彼のヴォードヴィル熱は一向に衰えず、それどころかたくさんのヴォードヴィル笑劇を書いたことは周知のところ。その中に『熊』という題の名作のあるのがおもしろい。生まれ故郷のタガンログ市の小屋で、アントン少年はきっとスクリーブの『熊とパシャ』を観ていたにちがいない。

チェーホフの手帖にもヴォードヴィル笑劇用の思いつきがたくさん書き込まれている。

〈笑劇。―Nが結婚の用意に、広告に出ていた軟膏を頭の禿に擦りこんだ。すると意外千万、頭に豚の剛毛が生えて来た。〉

〈笑劇に使う人名。―瓦斯糸《フィリデコーソフ》、お跳《ポプルイグーニエフ》。〉

〈笑劇。―荷物運送兼火災保険会社の支配人。〉

これだけではどんな笑劇を書こうとしていたのか見当がつかないけれども、とにかく彼のこころのどこかにヴォードヴィルのための指定席がしっかり確保されていたことはたしかだろう。

妻のオリガ・クニッペルの追想によると、彼は死の前日まで、笑劇のことを考えていたらしく、ふとこんなことを云った。

「豪華な温泉ホテルの金持の滞在客たちが腹を空かせて長い散歩から帰ってみると、ホテルの名人コックが給仕女と駆け落ちしていて、食べるものが何もないことがわかる。さあ、どうなるかな」

もう一つ、モスクワ芸術座に『桜の園(四幕)』の原稿を渡すとき、チェーホフは、

「ヴォードヴィル喜劇を四本並べてみましたよ」と云い添えた。チェーホフ劇を後世が「静劇」と呼び、「雰囲気劇」と名づけるのは、それはそれで一つの読み方だが、静かな雰囲気の劇の水面下に、ヴォードヴィル笑劇仕立てのドラマが大きく動いていることも忘れてはならない。

イプセン。大げさな浪漫主義的な韻文劇を書くことしかできずに悩んでいた彼は、機会を得てデンマークやドイツへ演劇研究の旅に出る。そしてその旅から帰ってしばらくして、『人形の家』や『幽霊』といった傑作を書き、後世から「近代劇の父」と称えられることになる。旅のあいだにいったいなにがあったのか。じつはここでもスクリーブが絡んでいて、『人形の家』(岩波文庫)の訳者、原千代海氏の解説によればこうである。

〈(この旅行は)彼に貴重なものを与えた。一つは……シェイクスピアの舞台にはじめて接したこと。もう一つは……(それまで)うんざりしていたウジェーヌ・スクリーヴの「うまく作られた芝居」の作劇術を積極的にマスターしたこと。散文劇への志向のみならず、これが劇作家としての彼の将来に大きな意味を持つことになる。〉

この解説で十分であろう。イプセン劇の頑丈な劇構造、緻密な台詞術、巧みな伏線の置き方などは、じつはスクリーブの〈よくできた芝居〉からの賜《たまわ》り物《もの》なのである。

そういえば、スクリーブの傑作の一つに、『外交官』(Le Diplomate 一八二七年)という二幕仕立てのヴォードヴィル喜劇がある。

ドイツの、ある小さな公国が、いま大騒ぎ。王子の妃候補にイスパニアとサキソニア両国の王女が挙げられ、それで二派にわかれて揉めているのだ。しかも王子はパリ留学時代にさる侯爵令嬢とひそかに結婚、彼女をこっそり別荘に匿《かくま》っているのだから、状況はますます複雑である。ただし、かつて侯爵令嬢の主人でもあったパリの女王から密書が届いて、それに曰く、

「結婚にまつわる揉めごとについては世界一練達した腹心がいて、その彼を密使として送り込むから心配しないように。彼がうまく捌《さば》いて、そちらの王様に二人の結婚を公式に承認していただくように計ってくれるはず。彼に任せなさい」

王子と侯爵令嬢がその密使を待ちわびていると、そこへパリから役人がやってくる。

「近くフランス宮廷で大舞踏会が催されます。この舞踏会の呼び物は各国の外交官によるカドリーユ。これを各国固有の衣裳で踊っていただくことになりました。そこで、こちらに民族衣裳を調べにまいりました」

この役人はほんとうに衣裳を調べに来ただけだが、時も時だけに、だれも信用しない。フランス女王が結婚問題に介入してきたとなるとこれは外交上の大問題だから、

彼が民族衣裳の寸法を計ったり、生地を調べたり、手帖になにか書き込むたびに、王子派、イスパニア派、そしてサキソニア派が大騒ぎする。

そのうちに役人自身も、「わたしは何にも知らないが、しかし、何も知らないうちに、国際的大事件の中心人物になってしまっているらしい」と気づき……と、ここまで粗筋を書けば読者にはもうお分りだろう。

ゴーゴリ。ペテルブルク大学で中世学を講じていた彼は、大学近くの劇場で、このスクリーブの傑作のロシア語による上演を観て、さらにその上を行く大傑作、『検察官』を書いたのだった。

すばらしい劇作家は、かならず世俗の笑劇や喜劇から劇の骨法を学び、それをそれぞれの詩精神によって練り上げてみごとな演劇的時空間を創造する。スクリーブを読むと、どうしてもそうとしか考えられないのである。

（初出「図書」二〇〇二年一～四月号、未完）

解　説

柳　広司

本書『この人から受け継ぐもの』は、井上ひさし氏が深い関心を寄せた何人かの人物(吉野作造、宮沢賢治、丸山眞男、チェーホフ等)から井上氏が〝受け継いだもの〟についての講演や評論をまとめたものである。

巻頭を飾るのは、明治大正時代の政治学者・吉野作造についての講演記録――。と言えば、いかにも小難《こむずか》しそうだが、ご心配なく。何といっても、

むずかしいことをやさしく、やさしいことをふかく、ふかいことをゆかいに、
ゆかいなことをまじめに

なる言葉を「座右の銘」として大真面目に掲げ続けた井上ひさし氏の講演だ。

〝やさしく、ふかく、ゆかいに、まじめに〟

まるで一場の芝居を見るように面白い。

講演はまず「明治の大秀才、吉野作造が生涯で払った月謝は一升瓶一本」という印象的なフレーズで聴衆(読者)の関心を集めた後、吉野作造が若い頃に書いたベストセラー本『試験成功法』のさわりをちょいと紹介、聴衆(読者)が思わず身を乗り出したところを見計らって、明治の世相や日清日露戦争の顚末がさらりと語られる。吉野作造の「民本主義」や明治の立憲君主制の明快かつ簡潔な説明があり、その合間に吉野の笑うに笑えない家庭問題が持ち出され、ついでのように井上氏の芝居『兄おとうと』が紹介される。

崇高な理想論から下世話な借金話まで。

まさに緩急自在。劇作家井上ひさしの面目躍如といった感じである。講演は、

みんな忘れている思想家の中に、実は今日的問題をきちんと踏まえて、何十年も前に答えを出している人がいた。そういう人をもう一度掘り返して読むという作業をわれわれはしないといけません。(中略)その学者のものはいまでもちゃんと読めるということを皆さんにお伝えして、私の話を終わります。

と結ばれる。

いま思いついたのだが、義務教育に「道徳」なる教科が(教育現場の反対を押し切り、強引に)導入されることになったそうだが、どうせならいっそこの文章を丸ごと道徳の教科書に使えばどうだろう？　きっと良い教材になると思う。

続いての講演テーマは宮沢賢治。同じ東北出身の井上ひさし氏が特別な親近感を抱き、最も愛した人物の一人だ。宮沢賢治が、日本が生んだ天才詩人の一人であることは間違いない。だが、井上氏は宮沢賢治をむやみと権威化することなく、

賢治も芝居の戯曲を書いているのですが、正直にいうと(略)あまりおもしろくありません。

とプロの劇作家としての冷静な意見を述べ、その上で、

賢治が生きていたらこういうものを書きたかったのじゃないかと思いながら書いている

と、改めて宮沢賢治に寄り添っている。

丸山眞男に関する講演会で語られるのは、井上ひさし氏が如何に勉強家であったかを示すエピソードだ。古本屋の目録に貴重な資料を見つけた井上氏は、早速古本屋に電話をするが「たったいま、売れたばかりです」と言われる。某国立大学が購入するという。ならば、と彼は古本屋の倉庫に赴き、納品前に資料を見せてもらう。そして、寒い倉庫の中、用箋に書かれた九十六頁の資料を手書きで書き写し始める。古本屋のオヤジさんはすっかり感激し、某国立大学に売るはずだった資料を井上氏に「横流しする」という(いささか眉唾ものの)エピソードが面白おかしく語られる。その時「横流し」してもらった資料を詳しく読んでいくと、丸山眞男が論文に書いていた理論がいちいち具体的な事例として立ち現れてくるという。

丸山さんのおっしゃっていることが全部当たってきているんですね。ですから、僕は、これからますます丸山眞男の、今度は呼び捨てになりましたが(笑)、熱心ないい読者でありたいというふうに念じて、これからも一生懸命読むつもりです。

途中、話が脱線し、丸山眞男からどんどん離れていくので、いったいどうなってしまうのか、大丈夫なのか、とハラハラしていた聴衆(読者)はここで「なるほど」と膝を打つ。

劇作家らしい、心憎い展開である。

残る二つは、新聞や雑誌に書いた評論をまとめたものだ。

一つは、井上ひさし氏が敬愛してやまぬチェーホフの「祈り」について。

巻末に置かれた「笑いについて」では、古今東西の先人たち(英国の放送作家ジョン・ウェルズから、アリストテレス、モーツァルト、寅さんからルイ十六世まで!)における笑いの手法を分析したもので、やや「楽屋落ちネタ」に近い。誰かに読ませるためというよりは自分の考えを整理するための文章で、井上ひさし氏の頭の中を覗く感じがあって興味深いが、この手の文章は本質的に「未完」とならざるを得ない。

本書を通じて見えてくるのは〝司馬遼太郎と双璧をなす勉強家〟と称された井上ひさし氏の姿だ。彼は時代のトップを走る人気劇作家でありながら、変わることを少しも恐れなかった。むしろひとつ場所に止まることを恐れ、変わり続けるために猛烈な勉強を続けていた感じがある。

実際、初期の(ミステリー色の強い)『雨』や『藪原検校』などと後期の『ロマンス』や『ムサシ』『組曲虐殺』では、あたかも別人の作品のようだ。用いられている手法は無論、作品内に立ち現れてくる作者の世界観さえ異なっているように感じられる。

井上ひさし氏は、数多くの、さまざまなテーマを劇作に取り上げた。

樋口一葉、宮沢賢治、石川啄木、吉野作造、あるいはチェーホフといった人物に焦点を当てた一群の戯曲がある一方、「昭和庶民伝三部作」「東京裁判三部作」といった歴史と人間をテーマにした作品も多い。いずれも甲乙つけがたく、どの作品をベストとするかはそれぞれの人の好みだろう。

ちなみに私が最も影響を受けたのは、ヒロシマ(原爆)を扱った『紙屋町さくらホテル』『父と暮せば』といった作品で、小説家としてデビューする以前、私はこれらの作品を舞台で観て、大袈裟ではなく打ちのめされた。「自分にこんな凄い作品が書けるのだろうか」と考え、呆然とする一方、同時にこれらの作品に多大な勇気を与えられたのも事実である。

その時の気持ちをあえて言葉にすれば、

――物語(舞台、小説)には世界に立ち向かう力がある。(日本には)こんなふうに世界や歴史を引き受け、物語にして、観客に差し出すことができる人がいる。

ということになると思う。

『紙屋町さくらホテル』を観た劇場からの帰り道、

――自分もこんなふうに世界と向き合う小説を書きたい。

と思ったことを、いまでもはっきりと覚えている(それがどれほど超人的な苦行であったのかは、その後『新世界』という小説を書くにあたり、ヒロシマ関連の資料を読み込み、咀嚼して、物語にする過程でいやというほど思い知ることになる)。

もし井上ひさし氏の作品に出会わなかったら、私は小説家になっていなかったかもしれない。

数年前、二〇一四年頃であったか、ある編集者から「対談相手として会ってみたい同業者はいますか?」と尋ねられ、とっさに頭に浮かんだのが井上ひさし氏であった。同業者(小説家)は人付き合いの苦手(嫌い)な人が多く、私自身そうだが、基本的に会って楽しい人種ではない。どれほど作品のファンでも、普通はパーティーなどで著者当人を遠巻きに眺めて「へえ、あの人か」と、あたかも絶滅危惧種の動物を、頑丈な檻ごしに見る感じで充分である(と言うか、小説家はそもそもパーティーなどにはあまり出てこない)。

積極的に「会ってみたい」と思った同業者は、井上ひさし氏がはじめてだった(注)。氏の名前を口にしかけて、「ああ、そうだった……」と気づき、取り返しのつかない寂しさを感じた。

私がこの業界に名前を連ね始めたのは二〇〇一年。井上氏が「東京裁判三部作」を発表していた頃で、まさに雲の上の存在だった。当時駆け出しの小説家だった私は、ことあるごとに「デビュー前に影響を受けた作家の一人」として氏の名前を挙げていたが、「それじゃ紹介しますよ」と気を利かせてくれる編集者も当時はいなくて、そうこうするうちに、二〇一〇年四月、井上ひさし氏の訃報を新聞記事で目にすることになった。

翌二〇一一年三月、東日本大震災とフクシマ原発事故が起きる。

あのときも、とっさに頭に浮かんだのが「井上ひさし氏なら何と言うだろうか」だった。

あれから八年、たった八年で、この国はフクシマを忘れようとしている。

——井上ひさし氏なら何と言うだろうか。

昨今は新聞をひろげるたびにそう思うことが多い。

本書『この人から受け継ぐもの』は、井上ひさし氏が深い関心を寄せた人たちから〝受け継ぐもの〟についてまとめられた書物である。

と同時に、私たちが井上ひさし氏から〝受け継ぐもの〟が記された一冊でもある。

(注)　井上ひさし氏は数々の文学賞も受けてはいるが、本質的には劇作家だ。彼は劇作家と演出家、大道具さん小道具さん、役者と観客が一緒になって作り出す祝祭的な時間と空間、即ち舞台芸術をこよなく愛した。本書に収められた講演でも「芝居の劇場はユートピアを成り立たせる空間なのです」「いい芝居が上演されている劇場は全部ユートピアだと思っています」と言ったそばから、「小説では、そういうことはあまり起こりません」と口を滑らせている。同業とはいいながら、一人で作業が完結する小説家と舞台上演を完成形とする劇作家では、傾向がかなり違ってくる。

(やなぎ・こうじ　小説家)

本書は二〇一〇年一二月、岩波書店より刊行された。

この人から受け継ぐもの

2019年4月16日　第1刷発行
2021年9月6日　第3刷発行

著　者　井上《いのうえ》ひさし

発行者　坂本政謙

発行所　株式会社 岩波書店
〒101-8002 東京都千代田区一ツ橋 2-5-5
案内 03-5210-4000　営業部 03-5210-4111
https://www.iwanami.co.jp/

印刷・精興社　製本・中永製本

ISBN 978-4-00-602305-8　Printed in Japan

岩波現代文庫創刊二〇年に際して

二一世紀が始まってからすでに二〇年が経とうとしています。この間のグローバル化の急激な進行は世界のあり方を大きく変えました。世界規模で経済や情報の結びつきが強まるとともに、国境を越えた人の移動は日常の光景となり、今やどこに住んでいても、私たちの暮らしは世界中の様々な出来事と無関係ではいられません。しかし、グローバル化の中で否応なくもたらされる「他者」との出会いや交流は、新たな文化や価値観だけではなく、摩擦や衝突、そしてしばしば憎悪までをも生み出しています。グローバル化にともなう副作用は、その恩恵を遥かにこえていると言わざるを得ません。

今私たちに求められているのは、国内、国外にかかわらず、異なる歴史や経験、文化を持つ「他者」と向き合い、よりよい関係を結び直してゆくための想像力、構想力ではないでしょうか。

新世紀の到来を目前にした二〇〇〇年一月に創刊された岩波現代文庫は、この二〇年を通して、哲学や歴史、経済、自然科学から、小説やエッセイ、ルポルタージュにいたるまで幅広いジャンルの書目を刊行してきました。一〇〇〇点を超える書目には、人類が直面してきた様々な課題と、試行錯誤の営みが刻まれています。読書を通した過去の「他者」との出会いから得られる知識や経験は、私たちがよりよい社会を作り上げてゆくために大きな示唆を与えてくれるはずです。

一冊の本が世界を変える大きな力を持つことを信じ、岩波現代文庫はこれからもさらなるラインナップの充実をめざしてゆきます。

（二〇二〇年一月）

B272
芥川龍之介の世界
中村真一郎

芥川文学を論じた数多くの研究書の中で、中村真一郎の評論は、傑出した成果であり、最良の入門書である。〈解説〉石割 透

B273-274
法服の王国 小説裁判官(上・下)
黒木 亮

これまで金融機関や商社での勤務経験を生かしてベストセラー経済小説を発表してきた著者が新たに挑んだ社会派巨編・司法内幕小説。〈解説〉梶村太市

B275
惜《せき》櫟《れき》荘《そう》だより
佐伯泰英

近代数寄屋の名建築、熱海・惜櫟荘が、新しい「番人」の手で見事に蘇るまでの解体・修復過程を綴る、著者初の随筆。文庫版新稿「芳名録余滴」を収載。

B276
チェロと宮沢賢治 ―ゴーシュ余聞―
横田庄一郎

「セロ弾きのゴーシュ」は、音楽好きであった賢治の代表作。楽器チェロと賢治の関わりを探ることで、賢治文学の新たな魅力に迫る。〈解説〉福島義雄

B277
心に緑の種をまく ―絵本のたのしみ―
渡辺茂男

児童書の翻訳や創作で知られる著者が、自らの子育て体験とともに読者に語りかけるように綴った、子どもと読みたい不朽の名作絵本45冊の魅力。図版多数。〈付記〉渡辺鉄太

岩波現代文庫［文芸］

B278
ラーニャ
伊藤比呂美

あたしは離婚して子連れで日本の家を出た。心は二つ、身は一つ…。活躍し続ける詩人の傑作小説集。単行本未収録の幻の中編も収録。

B279
漱石を読みなおす
小森陽一

戦争の続く時代にあって、人間の「個性」にこだわった漱石。その生涯と諸作品を現代の視点からたどりなおし、新たな読み方を切り開く。

B280
石原吉郎セレクション
柴崎聰編

石原吉郎は、シベリアでの極限下の体験を硬質にして静謐な言葉で語り続けた。テーマ別に随想を精選、詩人の核心に迫る散文集。

B281
われらが背きし者
ジョン・ル・カレ
上岡伸雄
上杉隼人訳

恋人たちの一度きりの豪奢なバカンスがマフィアの取引の場に！　政治と金、愛と信頼を賭けた壮大なフェア・プレイを、サスペンス小説の巨匠ル・カレが描く。〈解説〉池上冬樹

B282
児童文学論
リリアン・H・スミス
石井桃子
瀬田貞二
渡辺茂男訳

子どものためによい本を選び出す基準とは何か。児童文学研究のバイブルといわれる名著が、いま文庫版で甦る。〈解説〉斎藤惇夫

2021.8

B283
漱石全集物語
矢口進也

なぜこのように多種多様な全集が刊行されたのか。漱石独特の言葉遣いの校訂、出版権をめぐる争いなど、一〇〇年の出版史を語る。〈解説〉柴野京子

B284
美は乱調にあり ―伊藤野枝と大杉栄―
瀬戸内寂聴

伊藤野枝を世に知らしめた伝記小説の傑作が、文庫版で蘇る。辻潤、平塚らいてう、そして大杉栄との出会い。恋に燃え、闘った、新しい女の人生。

B285-286
諧調は偽りなり(上・下) ―伊藤野枝と大杉栄―
瀬戸内寂聴

アナーキスト大杉栄と伊藤野枝。二人の生と闘いの軌跡を、彼らをめぐる人々のその後とともに描く、大型評伝小説。下巻に栗原康氏との解説対談を収録。

B287-289
口訳万葉集(上・中・下)
折口信夫

生誕一三〇年を迎える文豪による『万葉集』の口述での現代語訳。全編に若さと才気が溢れている。〈解説〉持田叙子(上)、安藤礼二(中)、夏石番矢(下)

B290
花のようなひと
佐藤正午
牛尾篤画

日々の暮らしの中で揺れ動く一瞬の心象風景を〝恋愛小説の名手〟が鮮やかに描き出す。秀作「幼なじみ」を併録。〈解説〉桂川潤

2021.8

岩波現代文庫［文芸］

B291
中国文学の愉しき世界
井波律子

烈々たる気概に満ちた奇人・達人の群像、壮大にして華麗な中国的物語幻想の世界！ 中国文学の魅力をわかりやすく解き明かす第一人者のエッセイ集。

B292
英語のセンスを磨く
―英文快読への誘い―
行方昭夫

「なんとなく意味はわかる」では読めたことにはなりません。選りすぐりの課題文の楽しく懇切な解読を通じて、本物の英語のセンスを磨く本。

B293
夜長姫と耳男
近藤ようこ漫画
坂口安吾原作

長者の一粒種として慈しまれる夜長姫。美しく、無邪気な夜長姫の笑顔に魅入られた耳男は、次第に残酷な運命に巻き込まれていく。
〔カラー6頁〕

B294
桜の森の満開の下
近藤ようこ漫画
坂口安吾原作

鈴鹿の山の山賊が出会った美しい女。山賊は女の望むままに殺戮を繰り返す。虚しさの果てに、満開の桜の下で山賊が見たものとは。
〔カラー6頁〕

B295
中国名言集 一日一言
井波律子

悠久の歴史の中に煌めく三六六の名言を精選し、一年各日に配して味わい深い解説を添える。毎日一頁ずつ楽しめる、日々の暮らしを彩る一冊。

2021.8

B296
三国志名言集
井波律子

波瀾万丈の物語を彩る名言・名句・名場面の数々。調子の高さ、響きの楽しさに、思わず声に出して読みたくなる！　情景を彷彿させる挿絵も多数。

B297
中国名詩集
井波律子

前漢の高祖劉邦から毛沢東まで、選び抜かれた珠玉の名詩百三十七首。人が生きることの哀歓を深く響かせ、胸をうつ。

B298
海うそ
梨木香歩

決定的な何かが過ぎ去ったあとの、沈黙する光景の中にいたい——。いくつもの喪失を越えて、秋野が辿り着いた真実とは。〈解説〉山内志朗

B299
無冠の父
阿久悠

舞台は戦中戦後の淡路島。「生涯巡査」の父をモデルに著者が遺した珠玉の物語が文庫に。父親とは、家族とは？〈解説〉長嶋有

B300
実践 英語のセンスを磨く
―難解な作品を読破する―
行方昭夫

難解で知られるジェイムズの短篇を丸ごと解説し、読みこなすのを助けます。最後まで読めば、今後はどんな英文でも自信を持って臨めるはず。

2021.8

岩波現代文庫［文芸］

B301-302
またの名をグレイス（上・下）
マーガレット・アトウッド
佐藤アヤ子訳

十九世紀カナダで実際に起きた殺人事件を素材に、巧みな心理描写を織りこみながら人間存在の根源を問いかける。ノーベル文学賞候補とも言われるアトウッドの傑作。

B303
塩を食う女たち
聞書・北米の黒人女性
藤本和子

アフリカから連れてこられた黒人女性たちは、いかにして狂気に満ちたアメリカ社会を生きのびたのか。著者が美しい日本語で紡ぐ女たちの歴史的体験。〈解説〉池澤夏樹

B304
余白の春
—金子文子—
瀬戸内寂聴

無籍者、虐待、貧困——過酷な境遇にあって自らの生を全力で生きた金子文子。獄中で自殺するまでの二十三年の生涯を、実地の取材と資料を織り交ぜ描く、不朽の伝記小説。

B305
この人から受け継ぐもの
井上ひさし

著者が深く関心を寄せた吉野作造、宮沢賢治、丸山眞男、チェーホフをめぐる講演・評論を収録。真摯な胸の内が明らかに。〈解説〉柳広司

B306
自選短編集 パリの君へ
高橋三千綱

売れない作家の子として生を受けた芥川賞作家が、デビューから最近の作品まで単行本未収録の作品も含め、自身でセレクト。岩波現代文庫オリジナル版。〈解説〉唯川恵